伊吹有喜

ハルキ文庫

角川春樹事務所

BAR《バール》追分

プロローグ

羽田空港で飛行機の搭乗時刻を待ちながら、相沢武雄《あいざわたけお》は窓の外を眺める。横なぐりの雨が激しく窓に当たって、滑走路の風景がにじんで見える。発達した低気圧の影響で、今夜は飛行機の発着が遅れているらしい。搭乗が四十分ほど遅れるとのアナウンスがあった。

搭乗口付近のソファに座り、相沢はバッグからタブレットPCを取り出す。続いて先日作ったばかりの眼鏡を掛けて、天気の状況とメールをチェックした。

四十二歳を超えたあたりから手前のものを見るのが少しずつ辛《つら》くなってきた。しかし老眼という言葉に抵抗を感じて、ずっと眼鏡を作らずにいた。今もその気持ちは変わらない。それでも明日から、新しい暮らしが始まる。そこで四十四歳にして初めて、この眼鏡を作った。

天気予報もメールも三十分前に確認した状況と変わりはない。

眼鏡とタブレットをバッグに戻し、相沢は軽く鼻の上部の両脇を押さえる。

掛け慣れないせいか、眼鏡のノーズパッドが当たる部分がくすぐったい。押さえついでに左右の目頭にある疲れ目のツボに指をずらすと、どこからか醬油《しょうゆ》を焦がしたような匂いが漂ってきた。

その香りになつかしさを覚えて、あたりを見る。

向かいの席で年配の婦人が煎餅の袋を開けていた。目が合うと、少し恥ずかしそうな顔をして、海苔《のり》煎餅のはしを音を立てずにかじった。

ソファに軽くもたれて、相沢は目を閉じる。

いよいよ、この日が来た。あと少しの時間でこの街を離れる。

不安はあるけれど、迷いはもうない。

そんな気持ちになれたのは、こんな香ばしい匂いに誘われ、足を踏み入れたあの路地の店がきっかけだ。

新宿三丁目の交差点付近、古くは新宿追分《おいわけ》と呼ばれた街の細い道に入って曲がった先。

ねこみち横丁という路地の奥に、その店はある。

あの日もこんな雨が降っていた。

一ヶ月前の話だ——。


金曜の夜、横なぐりの雨のなかで相沢は軽く背を丸める。

会社を出たのが八時過ぎ、それから一人で入った焼き鳥屋でビールとチューハイを三杯ずつ飲み、四、五本の串と煮込みを食べた。

気が付いたら、カウンターでうたた寝をしていた。

店主に起こされて店を出たものの、帰りたくない。濡《ぬ》れた傘を持った人で混み合う電車に乗るのもいやだ。それに帰ったところで家には誰もいない。

雨に打たれて、相沢は歩き続ける。

吹き付ける風に乗り、さまざまな角度から雨粒が傘のなかに入ってきた。傘をさしても、まるで役に立たない。

まあ、いいか。

そう考えながら、相沢は新宿伊勢丹の角を曲がる。

どうでもいい。

捨て鉢な考えが浮かぶのは酔っているのか眠いのか。自分でもよくわからない。

強風を避けて細い道に入ると、雨に濡れた路面に左右の店のネオンサインがにじんで見えた。油膜のようにぎらぎらと光る色合いがまぶしく、あやしい路地に入ってしまったようだ。

でも構わない。

今はただ、歩いていたい。

四国に本社を構える電子機器の部品会社に勤めて二十二年。東京に単身赴任をして今年で六年目になる。

先日、上司から異動の話があると言われ、そろそろ地元に帰れるのかもしれないと期待をした。ところが言い渡されたのは、中国の奥地にある工場勤務の話だった。

任期は三年というが、同じ言葉を東京へ赴任するときにも聞いた。

今回も同じように六年に延長されたら、帰国するときは五十歳。四十代のすべてを家族と離れて暮らすことになる。

東京に赴任する前、小学生だった息子は今、高校生になっている。三十五歳で建てたマイホームには三年しか住んでいない。

それでも国内なら二週間に一度、四国に帰ることができる。それが海外になると、どれぐらいの頻度で帰国できるのだろう。

海外勤務を拒否したら、どうなるのかと上司に聞いてみた。すると日本に残っても大変だと言われた。

会社はこれから本社機能と研究開発の拠点を残して、それ以外の部門は海外展開をする方針らしい。それについていけない社員はおそらく淘汰《とうた》されるのだという。

淘汰？

長年働いてきた人間を、時代や状況が変わったからといって、海外に適応するかしないかで分別して、捨てていくつもりなのだろうか。

それともこんな考え方は時代遅れなのだろうか——。

足元に黒い猫が飛び出してきて、相沢は立ち止まる。

ふっくらとしたその黒猫は、ゆったりとした足の運びで、路地を左に曲がっていった。

モンローウォークとでも呼びたくなるような小粋な歩き方に惹《ひ》かれ、相沢も道を曲がる。

するとさらに細い道が続いていた。

頭上には「ねこみち横丁」というピンクのネオンサインが瞬いていた。

横丁の奥から、醬油を焦がしたような匂いが漂ってくる。

それは香ばしくて、猛烈に郷愁を誘われる匂いだった。横丁に足を踏み入れると、その香りはさらに強く漂ってくる。

右手に煎餅屋が現れた。

「手焼き煎餅　仙石《せんごく》」と看板がかかっている。シャッターを半分降ろしたガラス窓の向こうで、年配の女が炭火にかけた網の上で煎餅を手早く裏返していた。

店の前を通ると換気扇の音がして、匂いはそこから漏れていた。

煎餅屋を過ぎると、今度は甘辛い香りがしてきた。

二軒先に「ぎうめし、280円」と書かれた赤提灯《ちょうちん》が揺れている。店から食べ終わったらしい人が出てきて、なかが一瞬のぞけた。

たくさんの人々がテレビを見ながらビールを飲み、立ったままでうまそうに丼飯をかきこんでいる。

立ち食いの牛丼屋のようだ。

牛丼屋を過ぎると、熱気が頭上の換気扇から流れてきた。

果物のような香りの熱気を不思議に思いながら歩いていくと、「コンフィチュール&クレープ」という看板が出てきた。

店先にはレモンやオレンジなどの果物が飾られ、マンゴーや白桃、イチゴなど、さまざまな果物の名前が表示されたジャムが透明な壺《つぼ》に入って陳列されている。

どうやらコンフィチュールというのはジャムの一種らしい。店頭で焼いているクレープで好みのジャムや果物をくるんで食べさせるシステムのようだ。

店の奥から人が出てくる気配がして、あわてて相沢は足を速める。

先を行く黒猫はのんびりと通りのまんなかを歩いていく。

建物に挟まれているせいだろうか、この横丁には風が吹き込まない。煙る雨のなか、店のにぎわいだけが道に流れてくる。

まるで昭和の飲み屋街のようだ。しかし聞きなれない名前の甘味を売る店や、ネットカフェ、DVDのレンタルショップもあり、酔ったあげくに夢を見ているわけでもない気がする。

猫が走りだした。

横丁はそろそろ、どこかの通りにぶつかるのかもしれない。

しだいに足どりが重くなってきた。通りに出て、それからどうしようか。

何も思いつかずにいたら、目の前に黒っぽい重厚な木の扉が現れた。

扉の横には鈍く輝く金色のプレート看板があり、その下には洋酒の樽《たる》がある。

横丁はそこで行き止まりだった。

真鍮《しんちゅう》の看板に書かれた文字を相沢は読む。

「BAR追分」とある。どうやらバーのようだ。

黒猫が酒樽に飛び乗り、何かをせがむように鳴いた。

頭上から窓が開く音がして、優しい女の声が降ってきた。

「デビイ?」

見上げると「ねこみち横丁振興会」と書かれた二階の窓から、若い女が顔をのぞかせていた。柔らかそうな髪をゆるやかにうしろで束ねた女だ。

目が合うと、女が微笑《ほほえ》んで会釈をした。人なつっこい笑顔が可愛《かわい》らしい、二十代ぐらいの女の子だ。

女が再び「デビイ」と呼びかけた。

「帰ってきたの? 待ってて、すぐ行くから。そこにいてよ。逃げちゃだめよ、こらデビイ！」

猫が樽から降りようとしている。そっと相沢は猫の体を押さえる。

外階段を降りる足音がして、店の右脇から女が現れた。そして素早く猫を抱き上げると、軽く頭を下げた。

「ありがとうございます……追分のお客様？」

通りすがりだと言いかけたとき、女のうしろからサングラスを掛けた背の高い年配の男が現れた。

白髪まじりだが精悍《せいかん》な体つきの男で、ミリタリージャケットがよく似合っている。

「おっ、お客さんか。あっ、猫。見つかったのか。モモちゃん、お手柄だ」

「この方が捕まえてくれたの」

それはそれは、とサングラスの男も軽く頭を下げた。

「ありがたや。どうぞ先に入って。俺はまだ連れがいるんで。おーい、ウドウ君、そっちじゃないよ、こっちだ」

青白い顔をした青年と、ごま塩頭の年配の男が店の脇から現れた。

降り続くなあ、とごま塩頭の男が声をかけてきた。

「お客さん、ずぶ濡れじゃねえか。早く入って、あったまりなよ」

「いや、別に……」

客ではないのだと断り、立ち去ろうとした。察知したかのように、女がバーの扉を開けると微笑んだ。

「どうぞ、奥へ」

帰ろうとしたが、「早く早く」と声がする。雨のなか、背後に客がつかえていることに気付き、警戒しながらも相沢はバーに足を踏み入れた。

ほの暗いなか、左手方向に棚があり、数多くの酒瓶が並んでいる。

棚の前には白いバーコートを着た男がいた。

店の奥へと続くカウンターには一席ごとに照明が当たっているが、客は一人もいないようだ。

大丈夫だろうか。高くないだろうか。

財布の中身を軽く心配しながら、奥の席へと進んで相沢は少し戸惑う。

アルファベットのIの字のような形だと思っていたカウンターは、一番奥で直角に折れて、そこに二人分の席があった。しかしカウンターにある大きなコーヒーマシンの陰に隠れて、他の席からはあまり見えない。

その死角で深紅の服を着た美女がウイスキーグラスを傾けていた。

ほのぐらい照明の下、赤ワインのような色の服が白い肌をひきたたせ、うなじのあたりで結い上げた豊かな黒髪は絹糸のようにつやめいている。

暗がりのなかでそこだけに柔らかな光が満ちているようで、洞窟で宝物に遭遇したような気分だ。

ぶしつけな視線をとがめる風でもなく、女が優しげな眼差しを向けてきた。

その途端に甘酸っぱい気持ちが胸にわきあがった。

自分より年上であるはずがないが、憧れの女教師に見つめられた中学生のような気分だ。

店の奥から若い男のスタッフが出てきて、「よかったら」とタオルを差し出した。

服が濡れそぼっているのに気付き「申し訳ない」と相沢はタオルを押し戻す。

「席を濡らすかもしれません。やっぱり今日は帰ります」

待て待て、とごま塩頭の男が軽く手を振った。

「チョイ待ち。風がまた出てきたみたいだ。そんな音がしてるよ。今、出て行ったら濡れ鼠《ねずみ》になるって」

カウンターに腰掛けたサングラスの男が軽く笑った。

「古着でいいなら、しのげるモンが上にあるが。昨日、洗いにかけて乾いたばっかのヤツだ」

「いえ、結構です、おかまいなく」

「おせっかいかもしれねえが、あんた、そんなに濡れてちゃ風邪ひくぜ」

借りとけよ、とごま塩頭が強くすすめた。

「あの人、古着屋だからさ。服なら売るほどあるって。袖振りあうもナントヤラだ。なあ、モノカキ君」

ウドウです、と青白い顔の青年が言った。

じゃあウドウ君、とサングラスの男が言った。

「二階の事務所に行って、奥の紐《ひも》に下げてあるモン、適当に見繕ってきてくれ」

「どうして僕が」

若いからさ、とサングラスの男が言った。

「年寄りに階段を上がらせるな。俺たち君の三倍近く生きてるんだから、ちょっとは労《いたわ》ってくれ」

そうは見えませんけど、とぼやきながら、ウドウと呼ばれた青年が店を出ていく。

「いや、本当に結構です。帰りますんで」

前を失礼、と、さきほど『モモ』と呼ばれていた女が目の前を通っていき、美女に耳打ちをした。美女の顔にほのぼのとした笑みが浮かぶと、眼差しがこちらに向けられた。

「デビイを見つけてくださったの？　ありがとうございます」

「猫？　あの黒い猫？　見つけたわけでは……」

ウドウと呼ばれた青年が戻ってきて、服を差し出した。迷彩柄のトレーナーに、カーキ色のコットンパンツ、綿のソックスとブーツまである。

まるで軍隊に入営でもしたかのような一式だ。

お礼にぜひ何かをご馳走《ちそう》させて、と美女が微笑んだ。

「服なら、そこの小上がりでお着替えになったらいいわ」

「小上がり？」

よく見ると、店の奥にあるトイレの向かいに、障子で仕切られた一画があった。

ここは一体、何だろう。

どうしてバーの奥に和室があるのだろう？

薄気味悪い。

しかし出ていくにしても、入って来た扉は遠い。

急に濡れた服が重たく感じられ、相沢は壁に後ろ手をつく。

今さらながら酔いが足にまわってきた。それに気が付いたら、寒くなってきた。

仕方なく、障子を開けて小上がりに入る。

三畳ほどの部屋はスタッフが着替えをする部屋なのか、私服らしい茶色のジャケットと革ジャンが鴨居《かもい》にかかっていた。

ウドウが持ってきた服のサイズは大きかったが、その分、締め付けるところがなくて楽だった。

障子を開けて小上がりを出て、相沢はバーテンダーにすすめられた席に座る。

スーツを脱いだら気が楽になってきた。

いっそ、辞めてしまおうか。

おしぼりで顔を拭きながら相沢は思いをめぐらす。

やめようか、スーツを着る毎日を。会社を辞めたら単身赴任の生活も終わる。

家族の元へ帰りたい。

でも……会社を辞めて帰ったところで、地元に職はあるのだろうか。

顔をぬぐった手を止め、相沢は真っ白なおしぼりに目を落とす。

四国で暮らす息子は医学部への進学を希望している。何の知識もないまっさらな高校生を一人前の医者にするには、どれだけの時間と学費がかかるのだろう。

今と変わらぬ収入が見込める転職先が見つけられるだろうか。

バーテンダーが小さなデミタスカップをカウンターに置いた。そっと口をつけると、コンソメスープが入っていた。

スープを飲んだら、身体《からだ》が温まってきた。注文を聞かれて、ハイボールを頼む。

ご馳走してもらう気はないが、もしそうなったとしても、これなら負担はそれほどかからないだろう。

一つ離れて隣に座っているウドウが、透明な酒が入ったグラスを飲み終えた。

もう一杯飲むか、とサングラスの男の声がして、ウドウがうなずいている。そしてBAR追分という名前の由来を不思議そうに聞いた。

「追分って……この店の名前」

ウドウがそう言って、軽く息を吐いた。早くも酔っているような雰囲気だ。

「リンゴ追分って歌、たまにお祖母《ばあ》ちゃんが歌ってたけど、歌のことですか？」

オーナーの名字でもあるのだが、このあたりは昔、追分という地名だったのだと、バーテンダーが答えた。

そうだよ、とごま塩頭がうなずいた。

「新宿追分。追分ってのは、道が二手に分かれてる場所をいうのさ。日本橋から来る大通りが、ここらで甲州街道と青梅街道に分かれてたわけだ」

そういうことですか、とウドウがうなずいた。

グラスをウドウの前に置きながら、バーテンダーが続けた。

追分という言葉の由来は、荷物を積んできた牛馬が、ここで左右に『追いたてられて、分かれて』いったからだという。

サングラスを掛けた男が、透明な酒が入ったグラスをあおった。

「つまり右か左か、分かれ道ってことだ。まさに今のあんただ、ウドウ君。まあ飲め。とりあえず飲め」

はあ……、とウドウが酒を一口飲んだ。

しだいに酔いだしたのか、ウドウの声は少し大きくなり、聞くつもりはないのに、話が聞こえてくる。

しかしそれは仮の姿で、ウドウはこの「ねこみち横丁」のホームページを制作しているらしい。

本当は脚本家を志しているという。しかし芽が出ないので、田舎に帰ろうかと悩んでいるらしい。

地方から東京に出てきた人間は、若者も大人も同じような悩みを持つようだ。

それで、とサングラスの男が再びグラスをあおった。

「田舎で何をするつもりだ、ウドウ青年は。ウェブの仕事をしながら、シナリオを書くわけか？」

「公務員試験を受けようかと……」

はあ？　とごま塩頭が言った。

「路線、全然違わねえか？　脚本はどうすんの？　あきらめんの？」

「あきらめるわけじゃないですけど。ただ……人間観察というか、もっと世間のことを知ろうかと」

人間観察ね、とサングラスの男が言った。渋みのある深い声だ。

僕……、とウドウがグラスを両手で包み込んだ。

「大学、親に東京まで出してもらいながら、就活に失敗して。今年、二十七になるんですけど、正規雇用っていうんですか？　正社員として働いたことがないんです」

「あんた、脚本家になりたかったの？　就職したかったの？」

それが……、とウドウがうなだれた。

「わからない、今となっては。脚本は……大学時代に通ってたシナリオ教室で年間最優秀賞ってのを獲ったんで」

やるじゃねえか、とごま塩頭がハイボールを飲んだ。

ハイ、と頭を振るようにして、ウドウがうなずいた。

「だから、すぐに実戦でやれるかなと思ったんですけど、そうでもなく。じゃあ、いい企業に就職できたら、それはそれでいいかな……とも思ったんですけど。就活、全滅で。仕方がないからコンビニでバイトして二年ぐらい、登竜門っていうんですか？　そういう賞に脚本を書いて応募してたんですけど……」

そっちも全滅、とウドウが酒を一口飲んだ。

「さすがにこのままじゃ、俺、ダメかも。落ちていく一方かもって思って、契約社員でウェブの仕事を始めたら、今度は会社が……」

まあまあ、とごま塩頭がとりなすように言った。

「正規雇用なんて言い始めたら、オイラだって正社員になったことないよ。煎餅焼いて四十年だ」

四十年、とウドウがつぶやいて、グラスを一気にあけた。

「四十年続いてきたってことは、世間にずっと必要とされてきたってことじゃないですか。僕は違う。就活しても断られ、脚本書いてもボツにされ……」

ウドウがカウンターに突っ伏した。

「どこの誰にも必要とされていない気がする……。お前が必要だと言われたい。お前に来てほしいって言われたい。就職できたら、あきらめられるのに、普通の企業はもう無理。だから一発逆転で公務員試験を」

「お役所もいい迷惑だ」

タッちゃん、と、ごま塩頭がサングラスの男の袖を軽く引いた。

「やめなって……じゃあウドウ君は田舎に帰るんだな。でもその前にオイラの横丁のホームページ、しっかり仕上げていってくれよ」

「帰る、帰らない、帰る」

カウンターに顔を伏せたまま、ウドウが言った。女の子が花占いでもしているかのようだ。

「やめる、やめない、やめられない。でもわかってるんですよ。才能あるヤツはみんな、とっくの昔に書く仕事を始めてる。先の見えない挑戦に疲れた。夢をあきらめて何が悪い？　田舎に帰って何が悪いんだ？　悪いことなんてない。だけどそれでいいのか。その繰り返し。右と左に分かれてる？　わかんない、僕は決められません」

いやだな、とつぶやき、ウドウが急に顔を上げた。

「……なんで、こんなこと言ってるんだ？　どうしたんだろ」

酔っているんだよ、と思いながら相沢はウドウを見る。

酔ったんだよ、と心のなかで再び言って、ハイボールを口にした。

右も左も決められないのは自分も同じだ。

会社を辞めるか、辞めないか。それはすなわち海外へ行くか、家族の元に帰るかだ。

何かに追い立てられるように、二つの道が目の前で分かれている。

沈み込むようにして、ウドウがカウンターに再び顔を伏せていった。

大丈夫か、とサングラスの男がウドウの背中をさすった。

大丈夫じゃねえかもな、とごま塩頭の男が言った。

「タッちゃんと同じ酒を同じペースで飲んだら、そりゃつぶれるよ」

他愛ないな、とサングラスの男がグラスを口に運んだ。

「しかしこの子、二十歳すぎかと思ったら、もう三十近いのか」

「それだってオイラたちの年の半分にも満たないよ。……年がわからんっていえば、オイラはモモちゃんのほうがわからん。おーいモモちゃんや」

ハーイ、と声がして、先ほどの若い女がコーヒーマシンの陰から顔を出した。美女と並んで座っているようだ。

「モモちゃんはウドウ君よりお姉ちゃんなのかい、妹なのかい」

内緒でーす、とモモと呼ばれた女が空のグラスを振った。

「野暮なこと聞くなよ」

サングラスの男があきれたような声を出した。

「女は秘密があったほうがいいんだよ」

そりゃそうだ、とごま塩頭が笑い、水割りを頼んだ。

場が静かになると、かすかに音楽が聞こえてきた。ハスキーな声の女が英語で、愛とは何かあなたは知らないと歌っている。

溶けた氷がグラスのなかで鳴った。

初めてなのに、昔から知っている場所のような心地よさを感じて、相沢はグラスを傾ける。

隣の席で寝入っているウドウを眺めた。

夢を追うのか、あきらめるのか。

堅実な就職ができたら夢をあきらめられるのに、その働き口がない。

正規雇用をされたことがないと嘆いた青年から見たら、望めば大半の学生が正社員として採用された自分たちの時代は恵まれていたのかもしれない。

雇用されることが、誰かに必要とされているという意味合いを持つなんて、考えたことがなかった。そう思えば、今回の海外赴任の打診は、お前がまだ必要だと強く言われた気もしてくる。


目覚めたら、見たこともない天井が目に入ってきた。

どこだ、ここ？

跳ね起きるようにして、相沢は身を起こす。

見回すと、昨夜の店の小上がりだった。

三畳ほどの狭いスペースに布団が敷かれ、相沢はそこに寝かされていた。

足元にカバンが置かれている。あわてて開けて、財布を見た。

カード類はすべてある。しかし一万円札が一枚減っている。

枕元を見ると、細長いガラスの皿に領収書とおつりが置いてあった。

大きく息を吐いて、相沢は布団に倒れ込む。ふんわりと身体を受け止めたその感触に気付いて、シーツに触れた。

清潔で、ずいぶん上等そうな寝具だ。

障子の外から物音がした。そっと開けると、モモと呼ばれていた若い女がバーのカウンターのなかにいた。

おはようございます、という朗らかな声とともに、モモがカウンターから出てきた。

「これ、よかったら、どうぞ」

渡されたのは、タオルと歯ブラシのセットだった。

「俺、昨日、どうしたんだろう」

「ご馳走するって、振興会の皆さんがおっしゃったんだけど、どうしてもってお客様がお会計を頼んで。でもお会計を待ってる間にカウンターで寝ちゃったんですよ」

本当に？　と言って立ち上がろうとしたら、二日酔いで足がふらついた。情けなくて、相沢は小上がりに腰掛けて頭を抱える。

そう言われてみれば、誰かに何度か起こされたような記憶がある。

「すみません……ご迷惑かけて」

いいんですよ、とモモが笑った。

「昨日はウドウ君？　彼もつぶれちゃって。あの人は二階に運ばれて、寝袋みたいなのに入れられてます」

「二階は家か何か？」

いいえ、とモモが首を横に振って、カウンターに入ると、何かを刻み始めた。

「上はミリタリーショップっていうのかな？　世界の軍隊の放出品とか古着を売ってるお店の倉庫と、ここの横丁の振興会事務所です」

「あなたはここのバーの人？」

はい、とうなずいたあと、恥ずかしそうにモモが笑った。

「……といっても私はヤドカリなんですけど」

ヤドカリ？　と聞き返すと、モモがうなずいた。

「昼間はバールで、夜はバー。夜は『バー追分』なんですけど、昼間はこのお店をお借りして、コーヒーやお食事を出す『バール追分』として営業させてもらってるんです」

「バールってそんな意味だっけ？」

「厳密に言うとバル？　バーもバールもバルも、つづりはすべて同じB、A、Rですけど」

「最近の若い人の言葉はわからないけど、つまり間借りして、昼間にカフェみたいな店をやっているって話？」

そうですね、と寂しそうにモモが笑った。

「横丁の人たちのなかにはヤドカリ食堂とか、ヤドカリ・カフェなんて言う人もいて。いっそその名前にしたほうが、通りがいいのかなって思うときもあるけど……」

たしかにそちらの名前のほうが、小柄なこの子の雰囲気にあっている。

でも……と言って、カウンターのなかでモモが手を動かすと、味噌《みそ》の香りがふわりと立ちのぼってきた。

「ヤドカリって言葉、わかってるけどさみしくて。この素敵な『バー追分』の昼部門なんですよって、胸を張って言えるような仕事をいつもしたい。だからあえて、この名前なんです」

小皿に汁を少し注《つ》いで味見をすると、満足そうにモモが微笑んだ。

朝ご飯《はん》、いかがですか、と声がした。

「いや、もう本当にお構いなく。顔を洗って帰りますから」

食べていってください、とモモが優しく言った。

「オーナーもぜひ、と言っていました。うちのモーニングセット、元気が出るって、評判いいんですよ」

モーニング？　と聞き返したら、朱塗りの半月盆がカウンターに置かれた。

「ご飯は白いのがいいですか？　雑穀米がいいですか？　あっ、それとも洋食？　コーヒーとトーストのほうがお好き？」

お構いなくと言ったくせに、その言葉に「白いご飯」と答えてしまった。

洗面所で顔を洗ったのち、相沢はカウンターに向かう。朱塗りの盆には卵焼きと焼き鮭、その脇には大根おろしが小さな山形に盛られていた。

カウンターのなかから、茶碗と汁椀が出された。

茶碗から一口食べて、相沢はうなる。粒の立ったふっくらとした米を口に入れると、柔らかな粘りけがあり、嚙《か》むたびにほのかに甘い。

「うまい、このメシ。いや、あの、ご飯が、おいしいです」

嬉しそうに軽く頭を下げると、ガスの釜で炊いているのだとモモが言った。

炊飯する道具でそんなに味が違うものかと思いながら、相沢は焼き鮭に箸をのばす。薄桃色の身に箸を入れると、しっとりとした身が皮からたやすくはずれた。

それを見て、身から食べるか、皮から食べるか迷った。

いつもなら鮭の皮は残している。しかし目の前の皮は表面がカリッと焼き上がり、皮と身との境目には脂がのっている。

鮭の皮を取って茶碗にのせた。その皮で軽く飯《めし》を包んで口に運ぶ。

よく焼けた鮭の皮が歯に心地よく、香ばしさが鼻へと抜けた。

うまいね、と言ったら、モモが目を細めるようにして笑った。

「モーニングって、何時からなの?」

八時からだと答えた声に、相沢は腕時計を見る。まだ七時を過ぎたところだった。

「申し訳ないね、まだ開店前なのに」

「大丈夫です、昼からの定食の仕込みもあるし」

モモが鍋のふたを開けると、今度はカレーの匂いがした。

「今日のランチはカレーなんだ」

明日です、とモモが鍋をかきまわした。

「一晩冷蔵庫で寝かせて、味を落ち着かせてからです。明日の定食は牛スジ肉のカレー。おいしいですよ、牛スジがとろっとろに煮込まれて」

ふっくらと炊かれた飯にカレーの組み合わせ。

うまそうだね、と相沢はつぶやく。

「でも牛スジって東京ではあまり見ないね」

「お客様は関西の人？」

「いや、四国。でも大学は大阪で」

言葉に出したら、里心がついてきた。

帰ろうか、東から西に。

牛スジのカレーは人気があるので、日替わりの定食によく出しているとモモが言った。そのほかにも季節に合わせたいろいろな軽食や飲み物も作っているそうだ。

「よかったらぜひ、今度はお昼のバールにもいらしてください」

さりげなくモモが半月盆を見た。

「ごはんのおかわりはいかがですか？」

「じゃあ、一口ほど」

茶碗に飯をよそったモモが、いたずらっぽく小首をかしげた。

「できたてのカレー、ちょっとかける?」

「かける!」

考えるより先に言葉が出た。まるで子どもみたいに反応した自分を笑ったら、気持ちが少しずつ明るくなってきた。


店を出ると、昨日の荒れ模様が嘘《うそ》のように、空は晴れていた。

少し重めのドアを閉めると、相沢は「BAR追分」の看板を見る。

真鍮の看板の下には「バール追分」とふりがなを付けた洒落《しゃれ》た紙が貼られていた。猫が乗っていた酒樽の上には黒板が立てかけてあり、たくさんのメニューが書かれている。

看板に書かれた追分の文字を相沢は眺める。

追分。道が右と左に分かれる場。きっと今が人生の分岐点。

どちらに行こうと、追われるのではなく、自分の意思で選びたい。

ゆっくりと相沢は歩き出す。

転職先や収入について一人で思いつめず、一度、家族と話をしてみよう。自分の仕事のことや、妻や子の将来の夢についても……これまで面と向かって話したことはないけれど。正面切って話すのが照れくさかったら、少しだけ酒や食事の力を借りてみてもいい。うまいものを口にすると、人は子どものように素直な気持ちになれるみたいだ。

進路を決めるのは、それからでいい。

朝日を浴びながら、相沢は新宿通りを駅へと向かう。土曜の早朝のせいか人影はまばらで、ゆったりとした歩調で歩くと、大きなこの道はまるで自分のためにあるかのようだ。

バール追分の朝食には元気が出るという評判があると、モモは言っていた。

たしかにそのとおりだ。身体の隅々にまでふつふつと、気力が再びみなぎってきた。

搭乗手続きの準備が整ったというアナウンスが流れた。

欠航するかもしれないと思ったが、上海《シャンハイ》行きは飛び立つらしい。

ゆっくりと目を開け、相沢はソファから身を起こす。

今日で東京を引き払い、明日から新しい暮らしを始める。

赴任先は上海で飛行機を乗り継ぎ、そこからさらに車で数時間行く場所で、これからは東京にいたときのように、二週間に一度、四国の自宅に帰るのは難しい。

それでも行ってみようと決めた。

　土曜日の朝、あの店を出てから、その足で家族のもとへ帰った。そして将来についての話をした。最初のうちはまともに取り合ってもらえず、かえってむなしさを感じたが、時間をかけて何度も話をするうちに少しずついろいろなことがわかってきた。

　医学部を目指している息子は小児科医になりたいらしい。子どもの頃、ことあるごとに世話になっていた小児科の老医師のことが心に強く残っているそうだ。

　激務で希望者が少ないのだと先輩から聞き、息子自身の言葉を借りると「早くも腰がひけてる」そうだが、今はその分野を目指したいのだという。

　妻は息子をサポートしたいという。趣味で習っているフラワーアレンジメントの講師の資格も取りたいそうだ。それでも来年、息子が無事に大学へ入ったら、赴任地で一緒に暮らすことを考えると言っていた。いろいろな状況を考えると、かなうかどうかわからないが、そう言ってくれた気持ちがとても嬉しい。

　自分の夢はといえば、恥ずかしくてうまく言葉にできない。だけどそれを実現させる前提は、まずは家族が健やかで幸せなことだ。

　椅子から立ち上がり、相沢は搭乗口へと向かう。

　追われて分かれるのではない。

　夢を追って分かれるのだ。

　酒樽の上にいた猫と真鍮の看板を思い出して、相沢は微笑む。

日本に帰ってきたら、あの店に行こう。夜は静かなバーで英気を養い、昼はバールで元気が出る食事を楽しむ。

家族で行ってもいいな。

そう思ったら、口元が自然とほころんだ。

あと少しで息子も大人になる。成人した息子を間にはさんで、夫婦でバーのカウンターに座ったら、どんな気持ちになるだろう。

場所と名前を忘れぬように、心のうちで相沢はつぶやく。

新宿ねこみち横丁、ＢＡＲ追分。

昼間はバールで、夜はバー。

第1話

スープの時間

新宿伊勢丹近くの路地に入って、道を曲がると「ねこみち横丁」と呼ばれる小さな通りがある。しかし道が複雑すぎて、知っている人は少ない。

たどりつける人はもっと少ないのだが、ひとたびそこを知ると、誰もが自分だけの秘密の場にしておきたくなるらしい。そうした理由で東京の繁華街にありながら、知る人ぞ知るといった状態で半世紀。

しかし最近、ねこみち横丁の客も店主も高齢化が進み、かつての賑わいがなくなってきた。そこで横丁で店を営む人々により結成されている互助会「ねこみち横丁振興会」は公式サイトを作って運営し、インターネット上で存在をPRすることにしたのだが――。

なんて気の毒な……。

新宿アルタの前を伊勢丹方面に向かいながら、宇藤輝良《うどうてるよし》はぼんやりと考える。

勤務先である、ホームページとウェブ制作の会社が、振興会から依頼を受けたのが二ヶ月前。

公式サイトにのせる文章は通常はクライアントから原稿をもらう。しかし今回は社内で「丸投げ」とも呼ばれる、サイト内の原稿もすべてこちらで作成するという案件だった。

そこでサイトに掲載する記事を書いたり、原稿の整理をしたりするコンテンツ・ライターの宇藤が、振興会との打ち合わせと文章作成を、公式サイトの制作と運営は、社内で一番腕の立つ女性が担当することになった。

しかしその話がまとまった直後に彼女は退職することを表明し、三週間後には会社自体が解散することが決まった。

ねこみち横丁振興会の案件は、まだ本格的に制作が始まっていなかった。そこで社長は手付金を返却したうえ、別のホームページの作成業者に同額で請け負ってもらえるように話を通しておくという。今後はそちらと打ち合わせを進めてほしいそうだ。

その旨を振興会の広報担当である、横丁でお好み焼き屋を営む七十二歳の女性に伝えたところ「もう、ワケわからん」と言われた。

サイトだのコウシンだのとナンチャラカンチャラと難しいことを言われたうえに、今度はよその会社にたらい回しにされるとは、自分は本当にワケわからんから、今後は会長か副会長に直接、話をしてくれという。

もっともな言い分だった。

しかしなあ……。

紀伊國屋《きのくにや》書店の前にさしかかり、話題の新刊の宣伝幕を見上げながら、宇藤はため息をつく。

もう、ワケわからん。

それは自分も同じ思いだった。

大学卒業後、就職活動に失敗したこともあり、シナリオ・ライターを目指して二年間、コンビニエンスストアやファミリーレストランでアルバイトをしながら、デビューへ直結する賞へ応募してきた。しかし一向に芽が出ない。

二年が過ぎたとき、漠然とこのままではまずいのではないかと怖くなってきた。

そこで求人募集で見かけた、コンテンツ・ライターという職種の、ライターという箇所に惹《ひ》かれて、今の会社に契約社員として勤めて三年になる。

その会社は、大学卒業後にＩＴ企業で二年働いた社長が二十四歳のとき、祖父が持っているビルの一室を借り、友人たちと起業をしたというところだった。入社したときは会社を興して五年目で社員の年齢も若く、職場の雰囲気もたいそう活気があった。

今思えばあれは会社というより、学生サークルの延長のような感覚だったのかもしれない。社長と起業をした仲間たちは全員、都内の有名私立大学の附属小学校からの付き合いで、宇藤をのぞいて六人いた社員のうち、半分は彼らの後輩や友人たちだった。

そうしたなかで昨年末に社長の祖父が亡くなった。それにより相続税の問題や親戚間の争いが起き、会社が入居しているビルは人手に渡ることになったらしい。これまでのように格安で借りることができなくなったうえ、資金繰りもうまくいっていなかったとのことで、社長はあっさりと会社の解散を決めた。これからは親戚の飲食業店のオーガナイザー的な仕事に専念するつもりだという。

社員には迷惑料として二ヶ月分の給料を出すのでそれを退職金代わりにしてほしいとのことだ。

タイミングが悪いことは重なるのか、ほぼ同じ時期に、住んでいたアパートがマンションに建て替えられることになり、三ヶ月をめどに退去することを求められてしまった。

仕事もなく、住む場所もなくなる。

それに気付いたとき、そろそろ潮時かなと思った。

三十歳になる前に、自分の身の振り方を決めるべきかもしれない。

そう思ったとたん、何もかもが面倒になってきた。そしてねこみち横丁の老女が言ったように、「ワケわからん」という心境になった。

しかしその言葉がきっかけで、ねこみち横丁振興会へ説明に出向いたことで、事態はさらにややこしくなってしまった。

その夜のことを思い出し、宇藤はため息をつく。

あれは先月の雨の夜だった――。

ねこみち横丁の振興会は、横丁の行き止まりにある店の二階を事務所にしていて、そこは2LDKの住居となっていた。

玄関の扉を開けるとキッチン付きの八畳ほどのリビングがあり、そのリビングに面して小さな二部屋がある。開け放した一つのドアからは、ミリタリー関係の服や道具がぎっしりと入っているのが見えた。

迎えてくれたのは、振興会の会長と副会長だった。

会長のほうは百八十センチ近い男で、夜なのに黒いレイバンのサングラスを掛け、深緑のフィールドジャケットに、同じくミリタリー調の黒いパンツを穿《は》いていた。

以前、広報担当の女性と喫茶店で打ち合わせをしていたとき、会長は還暦を超えていると聞いたことがある。しかしたくましい腕や厚い胸板を見ていると、とてもそうは見えない。

名刺交換をすると、遠藤《えんどう》竜之介とあり、ミリタリーグッズとウエアの店を持っている人のようだ。

まるで芸名のようだと名刺を見ていたら、「どうした?」と遠藤に聞かれた。

ミリタリーウエアを着た男に錆《さび》のある声で聞かれると、まるで戦争映画のワンシーンに入り込んだ気分だ。

いいえ、と言ったら、「言ってみろ」とうながす声がした。

まさに映画に出てくる新兵のような気分だ。

「あのう……ご本名ですか」

コンテンツ・ライター兼ウェブ制作、と遠藤が渋い声で名刺を読み上げた。

「モノカキがこの名前にあやをつけるとは。芥川《あくたがわ》先生にあやまれ」

「僕、小説は書いていませんから……リュウノスケと読むんですか？」

「タツノスケだ」

まったく関係ねえじゃゃん、と副会長の仙石喜一《きいち》が茶を淹《い》れながら笑った。

こちらは白髪まじりの短髪の男で、とても小柄だ。

「タッちゃん、若いのをからかってないで、早く座れや。ほら宇藤君も。オイラはこの間、名刺渡したよな。副会長の仙石だ。煎餅屋だよ」

先日、広報担当の女性とともにここに来て、仙石からねこみち横丁の由来を聞いた。

さかのぼればこの横丁は終戦の闇市のあたりからの歴史があるらしいが、一番栄えていたのは日本の高度成長期の頃だったそうだ。

ソファに座ると、先日と同様に煎餅をすすめられたので、まずは一枚、宇藤は口にする。

それから会社が解散することと、公式サイトの制作は別の業者を紹介する旨を伝えた。

話を終えると、それまで黙って聞いていた副会長の仙石喜一が「くぁーっ」とうなった。

「じゃあ、なんだ？　つまりオイラたちは金持ちのボンボンの道楽事業に振り回されて、かような仕儀に相成り仕《つかまつ》り候、と」

「申し訳ありません」

「別の業者を斡旋《あっせん》すると言うのなら、その候補の会社のリストをまず見せてほしいものだ」

「すみません……そちらは社長が選定中で、まだ」

まあ、いいか、と遠藤が言った。

「いまどきメールで何でもすませる世の中なのに、わざわざアポ取って、ここまで詫《わ》びに来てくれたんだから」

いや、そうは言ってもさ、と仙石が言った。

背の高い遠藤の隣にいると、小柄な姿がより強調されるようだ。

「オイラ、もういやだよ。また最初から新しい業者と打ち合わせすんの。原稿の取材だって、この間、結構長々と宇藤君に語ったよな。ここの横丁の歴史とかご挨拶とか」

はい、とうなずいて、宇藤はバッグから原稿を出す。

「もう、こんな感じで原稿も年表も書いてあります。こっちがこの間お送りした、横丁の紹介文。こっちは昨日書いたばかりの、振興会からのご挨拶」

「この紹介文って、この間、センちゃんがみんなに見せてくれたやつ？」

そうだよ、と仙石が答えると、「へえ」と遠藤が原稿を手にした。

「こんなこと言っちゃ失礼かもしれんが、いい紹介文だって、振興会で話題になっていた。書く人が書くと、こんな古びた横丁もこんな味わいのある場所になるんだなってな」

「ありがとうございます」

この仕事をして三年になるが、こんなふうにほめられるのは初めてだ。

「その原稿、もしよかったら、そのまま使ってもらって構わないです。新しい業者さんにデータを渡してあげたら、先方がうまいこと加工してくれると思います」

ん？　と仙石が首をかしげた。

「そらぁ、助かるけどさ。あんたが無駄骨を折ったことになるじゃない」

いいんです、と宇藤は頭を下げる。

「お詫びにどうぞ」

しかし困ったな、と遠藤が太い腕を組んだ。

「みんなが地味に期待をしている。自分の店をどんなふうに紹介してもらえるのかって」

そうだよなあ、と仙石が頭を撫《な》でた。

「お好み焼き屋のママも、あんたのこと気に入ってたし。しかも原稿丸投げでホームページを作ってくれるって業者にアイミツ取ったら、おたくが一番安かったんだよなぁ。おんなじように丸投げで作られてるってサイトを見比べても、一番感じがよかったし。あそこの文章は全部、あんたが書いてたの」

「弊社のものでしたら、だいたいそうです」

そうなんだ、と仙石がうなずくと、その隣で遠藤が組んでいた腕をほどいた。

「わかった。じゃあ、こうしよう。宇藤君、君が作ってくれ」

「えっ？　僕が」

「君も作れるんだろう？　ホームページ」

「作れないってことはないですが……」

「じゃあ、やってくれ」

いや、待ってください、と軽く手を振り、宇藤は戸惑う。

ウェブサイトを制作する社員の補助をしていたので、基本的なことはだいたいできる。しかしそれを専門にしている人々のようなセンスのよいサイトは、とうてい作れそうにない。

「僕は、ライター的な仕事のほうが多いので」

遠藤が名刺を手にした。

「ここにウェブ制作って大きく書いてあるぞ」

名刺をのぞきこみ、「ほんとだ」と仙石が言った。

「単純なものなら作れますけど、それってほんと、素人に毛が生えたようなもので」

いや、それで充分だよ、と遠藤が力強くうなずいた。

「生えてりゃ充分。少ない毛の分は、あんたの会社に払う予定額からさっぴいてくれれば。七掛けでどうだ？」

「七掛け？　それは僕個人に発注ってことですか？」

そうだよ、と遠藤が再び腕を組んだ。

「君だって、すぐに次の仕事が決まるわけじゃないだろう。その合間にチョコチョコっと作ってくれればいい」

「それなら振興会としても安くあがって助かるなあ」

会社が振興会に出していた見積書を宇藤は思い出す。

七掛けでも今の自分にとってはありがたい額だ。

「あのう……僕は本当に単純なのしか、作れないんですけど」

いいって言ってるだろ、と、遠藤が立ち上がると、部屋の隅にある冷蔵庫を開けた。

「宇藤君はいけるクチか？」

「きらいじゃないです」

「じゃあ飲みながら、今後の詳細を詰めようじゃないか」

それが一ヶ月前の雨の夜のこと――。

安請け合いとは、まさにあの夜の自分のことを言うのだろう。

伊勢丹の前を通りながら、宇藤は深くため息をつく。

この一ヶ月、横丁の振興会の加盟店で取材をして各店の紹介の原稿を書いた。それは順調に進んだ。

しかし思った以上にホームページの制作が難しい。なんとかそれらしいものはできたが、デザインが野暮ったい。

思いあまって、転職していった元同僚の女性に連絡を取り、相談をしてみた。しかし彼女も忙しいらしく、仕上げを手伝う余裕はないという。

仕方なく作ったサイトを見せたところ、二、三のアドバイスはもらえたが、それを取り入れようにも技術がないので、うまくいかない。結局、素人に毛が生えたどころか、まったくの素人が作ったようなサイトになってしまった。

なんて気の毒な……。サイトを見るたびに、そう思ってしまう。

取材をしているうちに感じたのだが、ねこみち横丁の人々が公式サイトによせる期待は思った以上に大きい。

若い世代に遊びにきてもらえたら嬉しいと、いろいろな店の人が言っていた。

それなのに、とても若者の心を摑《つか》めそうなデザインではない。

なんとかならないかと、いろいろ試してみたが、そのうち何がお洒落《しゃれ》なのか、わからなくなってきた。

仕方なくできあがったサイトを横丁の人々だけが閲覧できるシステムを組んで、振興会の人々に見てもらうことにした。

今日はこれから振興会事務所に行って、感想や要望を聞き、あわせてサイトの更新方法などを説明する予定だ。

伊勢丹近くの路地に入り、宇藤はねこみち横丁を目指す。

道を曲がると、ピンクのネオンサインが現れた。その下をくぐって横丁へ足を踏み入れる。

振興会の事務所はこの小道の行き止まり。

ＢＡＲ追分という店の二階だ。


「いやあ、よく出来てる。何度見ても飽きねえ」

「バー追分」のカウンターで、左の席に座っている仙石が、ｉＰａｄで暫定版の公式サイトを見ながら言った。

「上出来だ」

右の席にいる遠藤がスマートフォンを見て、うなずいている。

本当にそうなのだろうか。

不安に思いながら、小さなカップに入ったコンソメスープを宇藤は飲む。

十五分ほど前、この店の裏手にまわろうとしたら、頭上から名前を呼ばれた。

見上げると、遠藤が窓から顔を出していた。副会長の仙石は下のバーにいるので、今日も飲みながら話をしようという。

そう言われてこのバーに来たが、非常に居心地が悪い。

先月、ここで大失態をやらかしたからだ。


公式サイトの制作を安請け合いした夜、事務所でビールを飲みながら打ち合わせをしていたら、佐々木桃子《ささきももこ》という、年下と思われる若い女子が「店のまかない」だと言って、カツサンドを持って現れた。

彼女は差し入れとともにノートパソコンを持ってきており、買ったばかりの経理ソフトの入れ方がわからず困っているという。

どうやら振興会というのは、加盟店の人々の相談に対応する場でもあるらしい。

老眼鏡仕様のサングラスを忘れたので画面が見づらいという遠藤の代わりに、そのソフトをインストールしたところ、遠藤たちがお礼に下のバーでご馳走《ちそう》をすると言った。

それから事務所の下にある、この店に来たのだが、本格的なバーに来たのは初めてで、何を頼んだらいいのかわからない。

こうしたバーではカクテルやウイスキーの水割りなどを頼むべきだろうかと悩んでいたら、何も頼んでいないのに小さなカップに入ったものが出てきた。

これは何かと小声で仙石に聞くと、コンソメスープだという。

居酒屋でいえばお通しのようなもので、酒を飲む前に温かいスープで身体をほぐすのと、カウンターに座ったら、これまでのことをひとまず忘れ、気分を切り替えられるようにという意味合いで出されるものらしい。

一口飲むと、身体がたしかに温まった。しかしそのあとまた悩んだ。

本当に何を頼めばいいのだろう。

隣に座っている遠藤が「いつもの」とオーダーをした。それは何かと聞いたら、「飲んでみるか」と言われ、透明な酒を三杯ほど飲んだ。

それからあとの記憶があまりない。気が付いたら朝で、二階の事務所の床で寝袋のなかにいた。

先月飲んだあの酒は一体、何だったのだろう。

コンソメスープを飲みながら、宇藤は考える。

名前を聞いた気がするが、まったく覚えていない。

飲み終えたカップをソーサーに戻したら、白髪のバーテンダーが何にするかとたずねた。

前回と同じく二人が「いつもの」と答えている。

同じのでいいか、と遠藤が聞いた。

先月、隣の席に座っていた男がうまそうにハイボールを飲んでいた。それを思い出し、あわてて宇藤は注文する。

「いいえ、あの……今日はハイボールをお願いします」

遠藤が再びスマートフォンに目を落とし、公式サイトを見た。その姿に宇藤は声をかける。

「あの……僕はデザインのセンスがなくて。もうちょっとお洒落な感じにしたいと思ったんですけど……」

いいよぉ、と仙石が左から身を乗り出して背中を軽く叩いた。

「充分、洒落者《しゃれもん》、シャレモンキーだって。あんた、お洒落なホームページばっかり見てきて、目が肥えてんだよ、なあ、タッちゃん……というか、会長」

まったく問題ない、と遠藤がうなずいた。

低めの声で力強く言われると、鬼軍曹に太鼓判を押されたようで、これで良いのだという気がしてきた。

グラスの酒を飲むと、仙石がまた軽く背中を叩いてきた。

「いいよなあ、何度も読んじまう。〝ねこみち横丁へ曲がるタイミングは煎餅の香りが教えてくれます〟。いい！　最高！」

「ちょっと女性っぽい書き方かな、とも思ったんですけど」

かまわん、と遠藤が透明な酒を飲んだ。

「女心をここでグッと摑もうじゃないか」

手焼き煎餅は全国発送も承り中、と仙石が再び、サイトの文章を読み上げた。

「いいねえ、うん。あのさあ宇藤君、お中元とかお歳暮の時期に贈答品のセットを作ったら、ここでずらっと紹介してくれない？　他の店にもオイラ、声かけてまとめてくるからさ」

うっかり「ハイ」と言いそうになり、宇藤は軽く首を横に振る。

「僕の仕事はここまでです。あとは皆さんで更新してください」

無理！　と仙石がきっぱりと言った。

「絶対、無理だよ」

無理じゃないです、と宇藤は仙石のｉＰａｄに手をのばす。

「ブログやフェイスブックみたいな要領で更新できるようにしてありますから。横丁の皆さんもブログやフェイスブックをしている人がいるでしょう」

やってるけどな、と遠藤が二杯目の酒を注文した。

「みんな、自分のことで手一杯だ。横丁のホームページの世話までする余裕はない」

だよねえ、と仙石がうなずいた。

「それにさ、個人のブログと違って、話し言葉みたいに書くわけにはいかねえし。それなりにお行儀のいい作文が必要なわけだ。ところが会のみんな、お行儀よくするのも作文も苦手だとか言い出して、なあ」

仙石が遠藤を見やった。

その視線を受けて、遠藤がうなずくと「それでだ」と言った。

「この間、会議で持ち上がった話があってな。今日、ここに招いたのは他でもない、その件についてなんだが……」

宇藤君、と遠藤が軽く咳払《せきばら》いをした。

「君、やってくれない？」

「何をですか？」

「ホームページの運営と管理」

僕がですか？　と聞いたら、遠藤が「就職は決まったか」とたずねた。

「まだ何も」

「それもまだ」

「田舎に帰るのか」

「住まいはどうする？」

「住まい……どうして僕の家の話が？」

あんた、この間ここで話してたぞ、と仙石が言った。

「立《た》ち退《の》きを迫られてるって。自分は田舎に帰るか東京に残るか決められないでいるって」

「そんなこと言いましたか？」

言った、と遠藤がうなずいた。

「就活しても断られ、脚本書いてもボツにされ、どこの誰にも必要とされていない。僕は誰かに必要と言われたい」

「そんなこと言いましたっけ？」

一発逆転するって話もしてた、と仙石が言った。

「普通の就職はもう無理だから、一発逆転で公務員試験を狙うんだって」

「ちょっと待って……」

そんなことまで話したのか。

あげくのはてに、と淡々と遠藤が言った。

「カウンターに突っ伏して、田舎に帰る、帰らない、帰る。脚本、やめる、やめない、やめられないって。子猫ちゃんみたいな、かぼそい声で言い出して」

「マジで？　マジですか？」

「見てなきゃ言えるか、こんなこと」

「恥ずかしすぎる……」

両手で顔を覆ったら、唇の間から声がこぼれ出た。

「なんで……そんなこと」

それも言ってた、と錆のきいた声がした。

「全・追分がそのとき思った。酔ってるからだ！」

「酒って怖い……」

まあまあ、と仙石が背中をさすった。

「そうやって皆、大人になっていくんだって」

「ならなくていいです、そんな醜態さらすなら」

「ま、それでだ。タナベさん、もう一杯」

かしこまりました、とバーテンダーの声がした。

「それを聞いて俺は思ったわけだ、誰かに必要とされたい？　イエス、必要としている人たちがいます」

「遠藤さん……酔っ払ってませんか」

酔っ払いが酔っ払いに酔っ払いと言うな、と遠藤が笑った。

「まあ、いい。宇藤君、君、振興会の専従職員にならないか？」

「なんですか、それ」

「ひらたくいうと横丁の管理人で、よろず相談ごとの窓口だ。モモちゃんがパソコンの相談に来ただろう？　あんな感じ。あとはゴミ集積所の管理とか、それから地域猫の世話」

「地域猫ってなんですか？」

横丁全体で、デビイという黒猫を世話しているのだと仙石が説明した。

その猫は元は野良猫なのだが、横丁の人々に可愛がられており、ジャズ喫茶の裏口でえさと水を取り、バー追分のドアの横にある樽や、裏手にある猫用のプラスチックケースをねぐらにしているという。

「僕が猫の世話を？」

世話ってほどじゃねえ、と仙石が軽く首を振った。

「デビイが汚したものを掃除したり、ねぐらを清潔に保ったりするのは、横丁の猫好きが分担してやってるからさ。ただその責任の所在？　猫がきらいな人もいるだろ？　何か揉《も》めごとがあったときに、代表して対応してくれればいいんだよ」

もちろん、オイラたちもやるけどよ、と仙石が言い、遠藤がうなずいた。

「だから君のメインの仕事はホームページの原稿書きと更新だな」

たとえるなら、と遠藤が新しいグラスの酒を飲んだ。

「集合住宅の管理人みたいなものだ。それより、ゆるいかもな。何もないときは事務所で寝ていようが、原稿を書いていようが、一向に構わない」

たしかに悪い話ではない気がした。住み込みで寮や別荘の管理人をするような感覚かもしれない。

「聞きにくいんですけど、あの……給料は」

これで、と遠藤が手のひらをひろげてみせた。中指には十字架、薬指には百合《ゆり》のような模様が彫り込まれたシルバーの太い指輪がはまっている。

「五、十万じゃないですよね」

当たり前だ、と遠藤が言った。

「じゃあ五万？　一ヶ月、五万円ですか。生活できませんよ。家賃も払えません」

話は最後まで聞けと、遠藤が太い腕を組んだ。

「会社のような給料は出せない。しかし振興会の加盟店が現ナマのかわりに現物支給で協力してくれる」

「どういう意味ですか？」

つまりな、と仙石が身を乗り出した。

「オイラの煎餅は好きなだけ食え。それから振興会の加盟店での買物と飲食は一律六掛け。ビデオ屋は半日だったら無料でいいってさ。それから昼間のバール追分では……」

「バール追分？　この店でお昼にやっているカフェですか？」

ドライフルーツを盛った小皿を、バーテンダーのタナベがカウンターに置いた。その拍子にタナベに目をやると、男は静かにうなずいた。

枝付きのレーズンから実をむしりながら、仙石が続けた。

「そのバール追分では、メニューにあるものは半額だって。モモちゃんが食ってるまかないのメシでいいっていうなら、三食はロハ」

「ロハってなんですか」

カタカナでロハと書いてみ、と仙石が笑った。

「そういう漢字、知らねえか？」

カウンターに指で字を書き、宇藤はつぶやく。

「只。ただ？　無料ってことですか」

そういうこった、と仙石がうなずいた。

「でも家賃が。家賃や光熱費が払いきれないです」

家賃はいらない、と遠藤が天井を指差した。

「上の住居は俺が倉庫に借りてるが、振興会の事務所に住むなら家賃と光熱費はいい。倉庫の二部屋のうち、小さいほうを空けてやる。そこを寝室なり書斎なりに使え」

つまり……と宇藤はつぶやく。

「事務所で寝泊まりするなら家賃、光熱費はタダ」

両隣で遠藤と仙石がうなずいた。

うまい話のような、だまされているような。奇妙な話だ。

酔ってるのかもしれない、と宇藤は考える。

酔って、夢でも見ているのかもしれない。

煙草《タバコ》を吸うか、と遠藤に聞かれて、「吸いません」と宇藤は答える。

遠藤が小さく笑うと、背中を叩いた。

「じゃあ、一体、どこで金を使うんだ？　使わないだろ？　考えてみろ、五万円、まるまる使えるんだぞ。世の中にはもっと少ない小遣いで頑張ってるお父ちゃんがいるぞ」

しかもお前、と仙石も背中を叩いた。

「モモちゃんのまかない付きだ。モモちゃんは優しいから、飯だけじゃねえ、きっと食後のコーヒーだって飲ませてくれるさ。ああ、いいなあ、いっそオイラが替わりたい」

そう聞いたとたん、昼間のこのカウンターで、原稿を書いている自分の姿が浮かんだ。

こんな場所でシナリオを書いたら、これまでとはひと味違うものが書けそうな気がする。

ちょっと待てよ。

宇藤はハイボールを飲む。

自分は何をしたいのだろう？

就職してまともな人生を送りたいのか、それとも夢を追って生きていきたいのか。

まともな人生？

再びグラスを口にして、空になっているのに気が付いた。

もう一杯、ハイボールを頼んで、宇藤は考える。

まともな人生って、なんだろう。

なんだ？

どうした、と遠藤の声がした。

親はどう言ってるのかと仙石が聞いた。しかしすぐにあわてた様子を見せた。

「あっ、すまねえ。悪いこと聞いた。親御さんはご健在だったっけか」

「悩んでます」

「二人とも元気です……」

故郷の両親は帰ってこいとは言わない。ただ、どうしているかは気にしているようだ。

実家にある自分の部屋は今も、いつでも使えるように残してくれてある。

それでも郵便局に勤めている兄夫婦が昨年、実家近くに家を建てた。共働きをしているので、孫を預かることが多く、今はそちらの対応で手一杯のようだ。

考えておいてくれよ、と遠藤が言ったとき、カウンターの上に置かれたスマホが鳴った。

「おっと、呼び出された、リズのヒトミに。もう行かなきゃ。タナベさん、つけておいて」

「リズノヒトミ？」

コレだ、と遠藤が小指を立てると、いそいそと出ていった。

オイラもそろそろ行かなきゃ、と仙石が立ち上がった。

「オイラもコレが……っていっても、カアチャンだけど、風邪ひいて寝てっから。あんたはゆっくり飲んできな」

じゃあな、と軽く肩を叩いて、仙石も出ていった。


左右に座っていた遠藤と仙石が帰っていくと、カウンターが広く感じられた。

奥にいた三人組の客が精算を頼んでいる。

彼らが出ていくと、店内には誰もいなくなった。

かすかにジャズピアノの音が聞こえてきた。音量を抑えて、BGMを流していたようだ。

間がもてなくて、早く帰りたくなり、宇藤は急いでハイボールを飲む。

あわてて飲んだら、軽くむせた。小さく咳払いをして、カウンターにグラスを置く。

客がいなくてよかった。慣れていないのが丸出しだ。

バーで酒を飲むのが背伸びというほど若くはないが、こうした場所にはこれまで縁がなかった。

緊張する……。そう思ったら、店の奥から軽やかな音がした。

耳をくすぐられたような心地になる、優しい響きだ。

なんだろうと考えて、グラスを持ち上げたら、手のなかで同じ音が響いた。

グラスに当たる氷の音だ。

あらためてカウンターの左右を見る。自分以外、客は誰もいない。

酔いすぎたのだろうか。

バーテンダーのタナベが、果物をふちに飾ったグラスをコーヒーマシンの陰に運んでいった。続いて棚から酒を一瓶下ろすと、再び同じ場所へ行った。

それを見て、この店のカウンターは実はL字型になっていたことを思い出した。

先月に来たとき、奥のコーヒーマシンの陰に二つの席があり、たしかそこに、きれいな女性と桃子が並んで座っていた。

他の席から死角になるその場所は、客の目を気にせず、ゆっくりと酒が飲める女性用の席なのかもしれない。

むせないように注意しながら酒を飲み干して、宇藤はそっとグラスを置く。

店の奥から再び氷の音が響いて、穏やかな女の声がした。

「もう一杯、いかが？」

大丈夫です、と答えたら、「何が大丈夫なの？」とふわりとした声が耳をくすぐった。

「何って……何でしょう。言ってみたけど、よくわかりません」

バーテンダーが近づいてきた。

さきほど見かけた、グラスに飾られた果物が気になり、宇藤は声をひそめて聞いてみる。

「さっきのは、おつまみですか？」

いいえ、とタナベが首を横に振った。

「カクテルの一種です」

「カクテル？　どんな？」

こちらにいらしたら？　と落ち着いた声がした。

「見たほうが早いわよ」

「えっ？」

自分の返事が子どもっぽく思え、そんな声を出したことが腹立たしく、黙って宇藤は立ち上がる。

ここで言葉を重ねて断ったら、年上の女に臆したかのようだ。

カウンターに沿って奥へと歩き、左手方向に目を向けると、先月、見かけた女がいた。

長い黒髪を今日は背中におろして、紺色の服を着ている。

眼差しを向けられたら、落ち着かない気持ちになってきた。

潤んだような瞳を見ながら、ぼんやりと考えた。美人や可愛い人という感じではなく、美女や麗人という言葉が似合いそうだ。

美女が隣の席を指し示した。

軽く会釈して隣に座ると、ロックグラスが目に入った。

琥珀《こはく》色の液体の底に、銀色のピックに刺さった赤いチェリーが沈んでいる。グラスのふちには櫛《くし》型にカットされたレモンとライム、オレンジが翼のように飾られていた。

「これはなんて名前……。なんという名前のカクテルですか」

オールドファッションド、と美女が答えた。

「オールドファッション？　ちょっと検索してもいいですか？」

ドーナツの名前みたいだと思いながら、宇藤はスマートフォンを出し、「オールドファッション　カクテル」と検索する。

すぐに詳細と画像が出てきた。

わかった？　と美女がたずねた。

「わかりました。オールドファッションド。古風、昔かたぎ、流行遅れ……すみません」

返事代わりに美女が微笑んだ。

「ええっと……レシピが。アンゴスチュラビターズがしみこんだ角砂糖の上に、ウイスキーをそそぐ。ふちに飾られた果物をマドラーでつぶしたりして、飲み手が味を加減して飲む……。あっブログが出てきました」

このカクテルを飲んだ感想を書いたブログを宇藤は見る。

「結構、強いって、みんな書いていますね。ツイッターだと……」

白髪のバーテンダーが静かに近づいてきた。そのとたん、顔に血が上るのを感じた。知ったかぶりをしたわけではないが、どこか恥ずかしい。

何かいかが？　と美女が聞いた。

「結構です……女の人にごちそうしてもらうなんて」

古風なのね、と美女が笑った。

「最近の男の子は女の子とデートをしても、すべて割り勘にするって聞くけれど」

「わかりません、したことがないですから」

「何を？」

「デートを」

「飲んだことは？」

美女がグラスに目をやった。

「ないです」

「試してみる？」

美女がグラスに細い指をのばした。

滑るようにグラスが目の前に来た。

もう一杯、美女がオールドファッションドを頼んでいる。

血が上った顔の熱さをうるさく感じながら、宇藤はふちに飾られた果物をグラスのなかに沈める。

一口飲むと、苦いようで甘い。水やソーダで割られていないウイスキーの香りは強く、そこに果物の香りがしのびこんで、グラスを傾けるたびに華やかで妖艶な空気が鼻孔をくすぐる。ゆっくりと飲んでいくと、美しい女にのどから腹にかけてなでられたような心地がした。

陶然とした思いで、グラスを置く。

いかが？　と美女が聞いた。

「強いです」

美女が微笑み、「それで……どうするの？」と聞いた。

「どうするのって？」

「専従職員のお話」

美女が自分のグラスにレモンとライムを入れた。

ウイスキーのなかに果実が沈み、鮮やかな色の果肉が琥珀に染まっていく。

「その話ですけど、どうして……」

言いかけて、宇藤は悩む。この条件は良いのか悪いのか、何か裏があるのか。今の時点ではよくわからない。

どうして、と宇藤は言い直す。

「振興会……横丁の皆さんは僕にこんな話を振ってくれたんでしょう」

さあね、と美女がオールドファッションドを飲んだ。

「知りたかったら、探ってみれば？」

「意味深な言い方をするんですね」

酔っているから、と美女が笑い、銀色のピックをつまんでチェリーを口元に運んだ。しかし、すぐにグラスに戻した。

そうね、と考え込むような声がした。

「たぶん……みんな、嬉しかったんだと思うわ。お店のことをあなたが書いてくれて」

「そういう仕事ですから」

そうだけど、と美女が赤いチェリーに目を落とした。

「仕事って毎日のことだから、自分のしていることが変わったことだとか、誰かの役に立っているかなんてあまり考えないでしょう」

返事に困って、宇藤はグラスに沈んだオレンジをつまんでかじる。

美女が細い指で再び銀色のピックに触れた。

「どうってことないと思っていた自分の仕事の話を、若い人が熱心に聞いて、質問してくれて、お店の紹介を丁寧に書いてくれた。それがきっと嬉しかったのよ」

「そんな理由で？」

わからないけど、と美女がチェリーを一口かじると、グラスを傾けた。

美女につられて、宇藤もグラスを深く傾けて飲む。底から苦みが立ちのぼってきた。

琥珀色の液体のなかに甘味、苦味、酸味とさまざまな味と香りがまざっている。それは一瞬のどをよぎって、すぐに消えていった。

飲み終えたグラスを宇藤はカウンターに置く。

目を開けて夢をみていたような気がした。

「みんな……僕を言いくるめようとしているような……」

美女が顔を傾けて、こちらを見た。

その目を見つめ返して、言葉を続けた。

「みんなして……横丁全体で、僕を呑《の》み込もうとしているような気がしてきました」

そうかもね、と美女が微笑んだ。

「呑まれてみたら？」

「そんな……他人事《ひとごと》だと思って」

気が付いたら、笑っていた。

知らないうちに笑っているとは、かなり酔っているのかもしれない。

「あなた……人間の深層を知りたいって、この間、おっしゃってたわね」

えっ？　と聞き返したら、今度は酔いが覚める思いがした。

「そんなこと、言ってましたか？」

おっしゃってた、と美女がうなずいた。

「二階に運ばれるときに。人生の勉強をしたい。人としての経験値を上げて、女子力ならぬ、男子力、男を磨きたいって」

先月、自分はどれほどの恥をこの場でさらしたのだろう。

「一体、どういう話の流れで……僕はそんなことを」

忘れた、と美女が言った。たぶん、そう言ってくれただけだ。

「ただ、その言葉が心に残っていただけ」

どこで勉強するつもり？　と美女がたずねた。

「人を知りたいのなら、人のなかに入ってみては？　深く知りたいのなら、じかに味わってみてはいかが？」

どこで男を磨く気？　といたずらっぽい声がした。

「バー以上に、男を磨く場所などあるかしら？」

時代遅れかな？　と美女がグラスを口に運んだ。

「でもオールドファッションドが、好きなのよ」

バー追分を出て、宇藤は新宿駅に向かう。

南口に向かう階段を上がったら、めまいがしてきた。

オールドファッションドは結構強めとブログに書かれていた。

結構じゃないよ、と心のなかでつぶやきながら、宇藤は通行人の邪魔にならない場所を探してしゃがみこむ。

強すぎるって……。

一杯でやめればよかったのに、すすめられるまま、バーボンウイスキーの銘柄を変えて二杯目を飲んだのがきいているのかもしれない。

でも、知らなかった。

世の中にはあんな酒があるなんて。

あんなに、酒があるなんて。

崩れ落ちるようにして、舗道に膝を突いたら、道行く人の足音が聞こえてきた。

世の中にはこんなに大勢の人がいるのだ。

書けないはずだよな、と宇藤は目を閉じる。

昔、シナリオ教室で、講師にたびたび言われた。

お前は『人』が書けていないと。

頭のなかだけで人を動かしている。講師に繰り返しそう指摘されたのだが、当時は何を言っているのかとひそかに反発していた。

しかしこうしていると、少しだけ講師の言いたかったことがわかる。

当たりさわりなく、そつなく、人と浅く付き合うことは、なんとかできる。でも誰かと深く付き合ったことはない。心のうちを誰かに打ち明けたこともない。酒を飲んで誰かと親密に話したこともなければ、こうして路上で倒れそうになったこともない。

新宿は表通りしか知らない。

それどころか東京に九年近く住んでいるのに、行ったことがない場所がまだたくさんある。

知らないことばかり、したことがないことばかり。

ゆっくりと立ち上がると、階段の下に新宿の街が広がっていた。

自分はこの街の何を知っているのだろう?

目を閉じて深く息を吐いたら、自然と顔が笑っていた。

馬鹿だなあ、と自分に言った。

決められないというのは、未練があるのだ。

やりつくしていないから、次へ進めないのだ。

新宿三丁目、新宿追分の方角を宇藤は眺める。

呑まれてみようか。

そうじゃない。

ふらつく足もとのバランスを取ろうと手を広げたら、気持ちが大きくなってきた。

呑んでみよう。

呑んでしまおう、この街を。


ねこみち横丁振興会の申し出を受けると会長の遠藤に電話で伝えたところ、承知したと短い返事が戻ってきた。

引っ越しの日取りを教えてくれれば、それにあわせて倉庫を片付けておくという。

その前に一度、この建物のオーナーにご挨拶をしておくようにと言われ、来週に引っ越しを控えた金曜日、宇藤は遠藤に指定された時間にBAR追分に向かう。オーナーは振興会の名誉顧問でもあるらしい。

開店の十分前に来るようにと言われたので、店に向かうと、入口の横の樽の上に「CLOSED」と書かれた札が置かれていた。

開けていいのかとためらいながら、宇藤はドアを開ける。

いらっしゃい、と女の声がした。

明るい照明の下で、佐々木桃子が入口近くに置かれた壺に花を活《い》けていた。バーテンダーのタナベはカウンターの内側で手を動かしている。

「オーナーにご挨拶を……」

「うかがっておりますよ」

タナベが店の奥を指し示した。その方向に向かうと、コーヒーマシンの陰に美女がいた。

オーナーだったんですか、と言ったら、微笑で美女が返事をした。

その微笑みを受け止めながら、宇藤は思う。

オーナーのことを話したとき、遠藤は敬語を使い、くれぐれも粗相がないようにと言っていた。

この人は何者なのだろう。

いくつなんだろう……。

渡された名刺には「追分瑶香《ようか》」とある。年代がつかみにくい名前だ。

来週に引っ越してくることを話して挨拶を終えると、瑶香は店を出ていった。

夜が更けたら、また来るという。

続けて出ていこうとすると、タナベが座るようにとすすめた。

「オーナーと私から、ささやかですが、歓迎のしるしを贈りたく思います」

タナベが「今日はもう開けましょう」と桃子に声をかけた。

札を「ＯＰＥＮ」にしてくると言って、足取り軽く、桃子が外へ出ていく。

店の照明を絞ると、薄明かりのなかで、タナベの背後に並んだ無数の酒瓶とグラスが淡い光を放ち始めた。

軽く衿元《えりもと》に手をやって身支度が整っているのを確認すると、白髪のバーテンダーが小さなカップを静かに置いた。

「ようこそ、追分へ」

澄んだコンソメスープを宇藤は見つめる。

そっと口に運ぶと、新しい時間が流れ始めた。

第2話

父の手土産

金曜日の夕方、窓辺に置かれたベッドから宇藤輝良は空を見上げた。

梅雨の晴れ間を迎えて、今日は朝から日差しが強く、蒸し暑い一日だった。しかし窓を開けると、吹く風は優しい。日中の光が湿度を追い払ったのか、からりとした風が部屋に流れ込んでくる。

こんなにゆっくりと夕空を見上げたのは何年ぶりだろう。そう考えたら、思わず声が漏れた。

「……というか、空でも見てないとやりきれない。やりきれないです」

誰に向かって言っているのか、自分でもわからない。ただ視線を部屋に向けると、無数の人々の存在感が迫ってきて、自分の思いを口に出したくなってしまう。

二週間前、新宿の片隅にある「ねこみち横丁」を住み込みで管理する仕事を得て、この部屋に引っ越してきた。

ここは元は振興会の遠藤会長が自分の店の倉庫にしていた部屋で、管理人が引っ越してくる前に、すべての商品を他の倉庫に移動させてくれると言っていた。

ところが海外への長期出張、横丁の人々に言わせれば『仕入れ旅』の話が急に持ち上がり、品物の移送が半《なか》ばのまま、遠藤が出かけてしまった。残された品物の大半は世界各国の軍隊からの放出品で、どれも使い古されたものばかりだ。

ため息まじりに宇藤はベッドの足元を見る。

足元には三つのラックが置いてあり、アーミージャケットやコート、Tシャツ、パンツ類が掛かっている。一つのラックの衣類は洗濯済みだが、二つのラックは『あえて』洗っていないという。そのせいか梅雨の湿り気のなかで、こちらのラックの衣類はさまざまな臭いを放ち、一着、一着が元の持ち主の個性を主張する。

ベッドの枕元に視線を移せば、作り付けの本棚には、年季の入ったガスマスクやヘルメットが整然と並べられていた。その下の床には靴とブーツが置いてある。まるで古参の兵士たちのロッカールームの一角に間借りしているかのようだ。

それが嫌ならこの部屋を出て、廊下側の振興会事務所の部屋で過ごせばいいのだが、そこには今、ソファのセットの周囲に段ボール箱が腰の高さまでうずたかく積まれていて、落ち着かない。

その荷物は『仕入れ旅』に遠藤が出る直前、帰国するまでここに置かせてくれと運び込まれたもので、その際に火気にはくれぐれも注意するようにと言っていた。事務所に相談に来る横丁の住人たちにも、絶対に煙草《タバコ》を吸わせないようにと念を押していったから、火薬のような爆発物なのかもしれない。

軍人たちの抜け殻のような古着と大量の火薬。

振興会の副会長、仙石煎餅の店主の言葉を借りれば家賃が『ロハ』なのは助かるが、危険物の見張りをしているようでもあり、気が休まらない。

こんな暮らしをしていて、いいのだろうか。

いいはずないよな、と宇藤はつぶやく。

二十代後半になった今、就職活動に成功して順調にキャリアを積んでいる同世代はそろそろ結婚して、家庭を持ち始めている。

安定した企業への就職はあきらめた。結婚する相手もいない。結婚以前に、恋人ができるという状況がまず考えられない。それでもシナリオライターになる夢だけはかなえたい。そう考えてコンクールへの応募作品を書く時間が得られるこの仕事を引き受けた。それなのにその原稿がまったく書けていない。

ため息をついたら、ソファセットのテーブルに置かれた内線が鳴った。一階のＢＡＲ追分とつながっている電話機だ。

ベッドから立ち上がり、宇藤は内線に出る。

女の明るい声が聞こえてきた。ＢＡＲ追分の昼間の営業、「バール追分」の担当、佐々木桃子だ。

――宇藤さん、ごめんね、仕事中？

「いいえ。何のご用ですか？」

用ってほどじゃないけど、と桃子が口ごもった。

——今日のご飯《はん》はどうする？

「ええっと、結構です。いりません」

——ちゃんと食べてる？　最近、宇藤さん、うちのまかないを全然食べにこないけど
……今日のおかずはね、豚の生姜《しょうが》焼き。

「生姜焼き？」

うん、と勢い込んだ返事が戻ってきた。

——産地から、すごくいいタマネギが届いたから。

「すごくいいタマネギ？」

どんなタマネギだろう。甘みがあるのか、辛みが強いのか。どちらにせよ生姜のきいた甘辛いタレと豚肉とよく合いそうだ。

豚肉は……とタマネギに続いて、宇藤は考える。

生姜焼きの豚肉は少し脂身があるのが好きだけど……。

女子は、いや、女性は脂身が苦手かもしれない。そうなるとバール追分ではどんな生姜焼きを出すのだろう。

生姜焼きという単語でふくらんだ思いをさらに盛り上げるように「つけあわせはね」と桃子の楽しげな声が響いた。

——キャベツ。やわらかいところを千切りにしたのをこんもり盛って。キャベツはおかわり自由ね。それからポテサラを少し。大人のポテトサラダのほう。

「大人のポテトサラダ？」

——そういう定番のメニューがうちにあるの。興味があったら降りてきてよ。

管理人の報酬は驚くほどの薄給だが、食事がついている。階下のバール追分で桃子が食べるまかない料理をわけてもらうか、横丁の飲食店で割引料金で食事をするかのどちらかだ。

引っ越してきた当初は桃子の料理に惹《ひ》かれて朝昼晩とバール追分に通っていたが、最近は足を運んでいない。

そろそろ行ってみようか。いや、行きたい。

小さく鳴り出した腹の音を聞きながら、宇藤は悩む。しかしメニューを聞いて、ノコノコ出かけては、無料の食事を選《え》り好《ごの》みしているようだ。

——もしもし、聞こえてますか？

「聞こえてます。今日はいいです」

うーん、と桃子がうなった。困ったような、考えごとをしているような響きだ。

——じゃあコーヒーでもどう？　エスプレッソもあるよ、紅茶もハーブティーも。遠慮しないで。宇藤さんのことは瑶香さんからも会長さんからも頼まれてるし。

「遠藤さんからも？」

——仕入れ旅に出かける直前にお店でエスプレッソをキュッて飲んで、宇藤さんを頼むって言って出ていった。直立不動で『イエス、サー！』って答えたくなるような雰囲気で。段ボール箱を事務所に搬入したときの遠藤の姿を思い出した。鍛え上げた身体《からだ》にレイバンのサングラスとミリタリージャケットが怖いぐらいに似合い、たしかに「ハイ、上官殿！」と答えたくなるような格好だった。

——だから、よかったらぜひ。

「ありがとう。でも今から出かけるんで」

どこへ？　と楽しげに桃子が聞いたあと、すぐさま「ごめん」と言った。

——なんか私、さっきからグイグイ押してるね。ごめんね。じゃあ……。

遠慮がちな声とともに内線が切られた。

受話器を戻しながら、宇藤は悩む。二階の物音がどれほど階下に響くかわからないが、長い間、一階で働いてきた桃子なら、上の階が在宅か外出中かわかる気がした。今から出かけると言ってしまった以上、ずっとここにいるのは気まずい。

仕方なく事務所を出て、外の階段を降りる。

ＢＡＲ追分の裏手から店の前に出ると、最近、名前を知った青年がうつむき加減で歩いてきた。Ｖネックの灰色のＴシャツに薄手の革ジャンを羽織り、ブラックジーンズを穿《は》いてている。

　木曜から土曜にかけて、夜の営業、「バー追分」でバーテンダーの見習をしている伊藤《いとう》純《じゅん》だ。

　暗くなってきた空を見上げ、そんな時間になったかと腕時計を見た。時計の針は七時前を指している。

　バール追分は七時に閉店して夜の営業への準備をし、八時半からバーとして開店する。純は早めに準備に来たのかもしれない。

　すれ違いざまに挨拶をすると、無言で純が軽く頭を下げた。

　色白でスリムな体型に、黒縁のウェリントン眼鏡を掛けた顔は気弱な少年のようだ。ところが仕事のときに眼鏡をはずすと切れ長な目が鋭く、明らかに年下なのにどこか近寄りがたい。

　純が追分のドアを開けたらしく、桃子の挨拶が聞こえた。

　なんとなくうしろめたくて、足を速める。

　横丁の出口に近づくと、香ばしい醬油《しょうゆ》の香りが漂ってきた。その香りが一層濃くなったとき、店先から「おいおい」と声がした。

　煎餅店の店先に置かれた炭火コンロの前で、店主の仙石が焼き上がった煎餅を集めてトレイに置いていている。今日は店じまいをするようだ。

「なんだ、なんだい、モノカキ君、シケた顔をして」

シケタカオ？　と聞き返したら、漢字だと『湿気《しけ》た顔』だと気が付いた。

「そんなに湿気てますか？」

しょうがねえなあ、と仙石が笑って、煎餅を一枚差し出した。

「ほれ、一枚食ってけ、シケてちゃ商売にならないぜ」

醤油の焦げた香りに惹かれて手にとると、まだ熱い。たしかに湿気は微塵《みじん》もない。

腹がすいていたせいか一気に食べたら、「うまそうに食うね」と仙石が目を細めた。

「もう一枚焼きたて、いっとくか？　ほら海苔《のり》付き」

礼を言って受け取り、もう一枚食べた。炭火であぶられた海苔の香りがふわりと鼻をくすぐる。

食べる手をとめ、かじりかけの煎餅を改めて見た。

「僕、おかきや煎餅って、実はそれほど食べたことがないんですけど……」

「まあ、若い人はあまり食わないわな」

「でも、おいしいんですね」

「立って食うのもなんだから、そこへ座って食えよ」

店先の椅子に座り、残りの煎餅をかじる。煎餅を入れたトレイを奥へ運びながら、仙石が聞いた。

「お前さん、米は好きか？　醤油はどうだ？」

「好きも嫌いもないです。ごく普通」

「それなら、これは好きか？　秋口にさ、ピッカピカの新米を炊いたのを、したじをチョイとつけた海苔でくるんでパクッ」

ああ、いいですね、としみじみとした声が出た。食べ物の話は聞くのも語るのも実感がこもる。

「ところで……したじって醤油のことですか？」

「わかってて、『いいですね』って言ったんじゃないのかよ」

「話の流れで醤油だろうなという見当は付いたんですけど。したじ……へえ。新鮮な響き」

「上品に言うなら『おしたじ』かな」

「おひたしみたいですね」

「まあ、似たような音だけど。しかし、したじを知らないって、お前さん、本当にモノカキか？」

「すみません、モノを知らなくて」

仙石が笑い、再び煎餅を入れたトレイを奥に運んでいった。

それを機に宇藤が店を出ようとすると、今度は盆を持って戻ってきた。

「なんだよ、またシケた顔をして。ほれ、お茶。胡麻《ごま》煎餅も食うか」

「すみません、じゃあもう一枚、海苔」

食え食え、と仙石が腰掛けて茶を飲んだ。

「米と醤油と海苔が好きなら、海苔煎餅が嫌いになれるはずがない。あまり食わないのは、うまい煎餅を食ったことがないだけだ」

それにしても、と仙石が腕を組んで、顔をのぞきこんできた。

「あんた、やつれてないか？　目の下にクマがあるぞ」

「最近、眠れなくて」

「ちゃんと風呂に入ってるかい？　シャワーでチャージじゃダメだよ。湯船にじっくりつからないと、疲れは取れねえ」

「浴槽がないです。シャワーしか……」

そのシャワーも水の勢いが弱い。これから暑くなる今の時期はいいが、冬になったら寒くて凍えそうだ。

あっ、と仙石が声を上げた。

「……まずい。オイラ、頼まれてたんだ、タッちゃんに」

「何をですか？」

「風呂の話……あんた、まだ聞いてないよな」

はい、と答えると、仙石が立ち上がった。

「わかった。オイチャンが素敵なお風呂に連れてってやろう。この町ならではの超スペシャルなお風呂だ」

超スペシャルなお風呂という言葉に不穏なものを感じて、宇藤は椅子から腰を浮かせる。

「いいです、いいです。僕、そちらのほうは結構です」

なんだ？　と仙石が少しがっかりした顔をした。

「銭湯、きらいか？　温泉だよ、天然の」

「そっちのお風呂？」

「何の風呂だと思ったんだよ。まあ、いいや。ちょっと待ってろ」

炭火のコンロの周辺を手早く片付け、仙石が店の奥へ走っていく。階段を駆け上がる音がして、すぐに降りてくる足音が聞こえた。

おまたせ、と仙石が手を挙げた。

「洗面器もタオルもあるぞ。ほら行こう」

「えっ？　今から？」

「お前さん、何か用事でもあったのか？」

「特に……ないです」

「そうだろ。用があったらもっとシャッキリした顔で歩いてるさ。何があったか知らんが、何もかも湯に溶かしちまえ」

湿り気のない軽やかな言葉を聞いていたら、一緒に行きたくなってきた。

ほれ、こっちだ、と仙石が横丁をＢＡＲ追分に向かって歩いていく。

「仙石さん、こっちのほうに銭湯なんてありましたっけ。このあたりのお店は一通り取材しましたけど、なかったはずです」

「そりゃないよ。表立っては」

仙石がクリーニング屋の横にある、さびれたドアの鍵を開けた。

「鍵を持っている人しか入れないもの。人呼んで『地下の湯』」

ドアを開けると地下へ向かう階段が現れた。ずいぶん奥深くまで続いている。

「なんですか、ここ。やばくないですか？」

「やばくないよ。階段がちょっと長いけど」

軽い足取りで仙石が階段を降りていく。そのあとに続いていくと、最後の段の突き当たりに扉があった。

こんばんは、と声をかけ、仙石が扉を開ける。

なかを見て驚いた。

高い天井が広がる開放的な空間のなかに、番台が置かれていた。年配の女性がそこで本を読んでいる。

男湯と染め抜かれた紺色の暖簾《のれん》をくぐると、脱衣場があった。その一角には籐のソファセットと将棋台、マッサージ椅子と扇風機が置かれている。

映画やドラマで見たことがある、昭和の銭湯の光景が目の前にあった。


「地下の湯」は昭和の昔、小さな温泉施設として営業していた場所らしい。しかし今はねこみち横丁の有志による共同浴場として運営されており、利用できるのは鍵を持っている有志と、そのゲスト一人だけというルールがあるそうだ。

湯の色は黒くて、ぬめりがある。仙石によると、六年ほど前まで、新宿の十二社《じゅうにそう》で営業していた温泉施設と泉質が似ているそうだ。

ゆったりと天然の湯を楽しんで浴室を出ると、先に着替えた仙石がビールのミニ缶を二つ持ってきた。番台に頼むと、一人につきミネラルウォーターを一本か、ミニ缶を一缶だけ購入できるのだという。

「どうしてそんなルールがあるんですか」

「飲みたければ、上にいっぱい店があるんだから、そこで飲めってこった。ねこみち横丁は食い倒れ横丁って異名があるぐらいだから」

着倒れ横丁、ってところもある、と仙石が笑った。

「バー追分の裏手のほうに」

「どういう店があるんですか」

「今度、歩いてみな。でもほとんどの人は知らないだろうな。小さな路地だから。さ、飲もう」

仙石にビールを渡され、宇藤は缶のプルタブを引く。

冷たいビールを一気に喉に流し込むと、「くーっ」と声が出た。

「うまいっすね」

「うまい。風呂上がりのビールってたまんねえな。早く上に行って、なんかつまもうや。おっとその前に……」

鍵を渡しておこうと、仙石が二本の鍵をよこした。

一本は地上のドアで、もう一本は階段を降りたところのドアだという。

「僕もここを利用させてもらっていいんですか？」

「横丁の管理人だもの。若い人にはいろいろ助けてもらうこともあるだろうし。むしろ持っていてくれとみんなが。オイラ、タッちゃんから鍵を預かっていたの忘れてた、ゴメンな」

「わかりました。鍵は大事に保管するし、秘密は守ります」

秘密ってほどじゃないよ、と仙石が軽く手を振った。

「知ってる人は知ってる。田舎の温泉に行けばあるだろ、集落の人たちだけが使う共同浴場が。あのノリ」

仙石がビールを飲み、軽く缶を振った。

「もう終わりか……ところでモモちゃんがえらく心配してたぞ。管理人さんは最初の三日は食べに来たのに、そのあとパタッと来なくなったって」

ああ、とため息まじりの声がもれた。

「ああ……ってなんだよ。口に合わないのかい？　オイラ、モモちゃんの飯《めし》はかなりうまいと思うがなあ」

おいしいんですけど、と言ったら、「うん」と仙石が答えた。

この人の相づちはリズムがあって心地よい。

「おいしすぎて。タダで食べるのが申し訳ないというか。……人に食べ物を施されているようで」

「そんな素振りをモモちゃんがしたのかい？」

いいえ、と宇藤は首を横に振る。それどころか、いつ行っても桃子は歓迎してくれる。

「遠慮しなくていいんだよ。それにまかない以外だったら、割引料金になるじゃないか。金を払えば気が楽になるというなら、そっちのメニューを頼めばいい」

「佐々木さんはそれも無料にしてくれるんです」

あの子なら、そうだろうな、と仙石がうなずいた。

「でも給料がちゃんと出せない分、あんたの分の食費は横丁全体でみるって取り決めだし、堂々と食えよ」

「わかってますけど……」

本当のことを言えば、カウンターをはさんで女子とトークをするのが苦手なのだ。桃子に明るく話しかけられると、どう返事をしたらいいのかわからない。ぺらぺら話すのは軽薄そうだし、あまり話さないのも失礼だ。

「オイラはあんたが昼間、あそこのカウンターで原稿でも書いててくれればいいのにって思ってるよ」

「どうしてですか？」

「あんた、瑶香さんから昼間のあの席、使ってもいいって言われたんだろ？」

「まあ、そうですけど」

バー追分で瑶香がいつも座っている席は業務用のエスプレッソマシンの陰にあり、他の席からは見えない。しかしその席からはカウンターのすべてが見渡せる特等席だ。

普段は花を置いているその席を昼間は好きに使っていいと、先日会ったとき瑶香は言っていた。

たしか、と仙石が言った。

「あのとき瑶香さん、あそこで好きなだけ原稿を書けって言ってなかったっけ？」

「おっしゃってましたけど……」

「じゃあ書けよ。上で書いても下で書いても一緒だろ」

「いや、でも佐々木さんがせっせと働いているときに、あそこで長時間ねばるのは申し訳なく……」

申し訳なくねえよ、と仙石があきれた顔をした。

「むしろちゃんとカウンターにいてやれ。しっかりしてると言っても、一人で切り盛りしてると、危ないこともある。下種《げす》なちょっかいを出す野郎や変なことを言ってくる奴もいるだろ？　店のもんの顔見知りがいるってだけで、その可能性はかなり減るよ」

「用心棒みたいなものですか？」

「そんなに気張らなくていいけど、番犬ぐらいの役目をしてくれたら御の字だな。だから遠慮なくあそこにいろ。あの店なら横丁の連中も気軽に入って相談しやすいし一石二鳥よ」

「僕がその下種なちょっかいを出す野郎だったらどうするんですか」

大丈夫だろう、と仙石が軽く背中を叩《たた》いた。

「タダメシ、ラッキーって浮かれるような奴ならちょっと心配だけど……というより、あんた、万が一、モモちゃんに下種なことをしたら、タッちゃん、振興会の会長が地の果てまで制裁に追っかけてくるぞ」

それは怖い……とつぶやいたら、暗い言葉とは逆に気持ちが明るくなってきた。

「もっと早く相談すればよかったです」

なんで？　と仙石がビールの缶を捨てながら言った。

「今日のまかない、豚の生姜焼きだって。でも断ってしまった。恥ずかしいんですけど、僕は白いご飯に生姜焼きをのっけたのが大好物なんです」

「生姜焼き丼か、うまそうだな」

すごくいいタマネギで生姜焼き。それを白米にのせたらどんな味がするのだろう。想像しただけで、腹の虫が鳴った。

しょうがねえなあ、と仙石が腕時計を見た。

「よし行こう」

「どこへ？」

追分に決まってるじゃねえか、と仙石が立ち上がった。

「そろそろバーが始まる。冷たいビールを飲んで、腹にたまるものをつまもうや」

「バーにお腹《なか》にたまるものがあるんですか？」

「普通はないよ。だけどバー追分にはあるんだな、これが」

洗面器を抱えると、仙石が歩き出した。

「来いよ、オイチャンがご馳走《ちそう》してやる。そのかわり今度、時間があるとき店に炭を運ぶの手伝ってくれや」

喜んで、と答えて宇藤はあとに続く。

地上に出ると、ねこみち横丁はすっかり夜になっていた。

路地の両脇から店のあかりが漏れ、食べ物の匂いが漂ってくる。

受け取ったばかりの鍵でドアに施錠をしようとしたら、後ろにいた仙石が「おっ、サハラさん」と大きな声を上げた。

続いて「仙石さん」と応える男の声がする。

仙石がその人のところに歩いていく気配がした。

「そうか、サハラさん。今日はいつもの金曜日か」

鍵をかけ終え、宇藤は振り返る。

洗面器を抱えた仙石の前に、白髪まじりの紳士が若い女性と一緒に立っていた。

センゴクさん、と洗面器を持った二人連れの男に、父が声をかけた。

小柄な老人と、背が高い青年。まるで祖父と孫のようだ。風呂上がりなのか、二人とも頬が上気して、心地よさそうに夜風に吹かれている。

何の知り合いだろうか。

不思議な思いで、佐原真奈《さはらまな》は話をしている父の背を見る。

金曜の夜は仕事帰りに新宿で待ち合わせて食事をしようと父に誘われ、この横丁に来た。

文房具メーカーの経理を長年務める父は倹約家で、めったに外食をしない。それなのに来週の真奈の結婚式を前にして、どうしても連れていきたい店があるのだという。

事務機器を扱う会社に勤めて六年目。来週、結婚する相手は同じ部署の三つ上の男性だ。同じ部署の二人が挙式と新婚旅行で長く休むので、独身最後の一週間はやるべき仕事が山積みになっている。

そこで日曜日ではダメなのかと父に聞いた。日曜は十八年前に亡くなった母の墓参りをする予定だ。その帰りに二人で店に行けばいい。

ところが新宿にあるその店は日曜日は休みらしい。そしてできることなら、時間は遅くてもいいから金曜日がいいと父は言う。

仕方なく土曜に休日出勤することを決め、金曜は早めに帰ることにした。それでも定時では帰れず、待ち合わせは二十時半に新宿だ。

食事の待ち合わせとしては遅いが、父に言わせると良いタイミングらしい。

一体、何の店なのだろう。そしてこの横丁は何？

新宿の路地をいくつか抜けて着いたこの場所は、細い道の両脇に飲食店が軒を連ねている。並んでいる店は統一性がなく、洒落《しゃれ》たイタリア料理や自然派食品の店、カフェやクレープの店があるかと思えば、焼き鳥やモツの煮込みなどを売る立ち飲みの店もあり、混沌《こんとん》としている。

新宿の片隅にこんな場所があるとは思わなかった。そのうえ真面目を絵にかいたような父が、雑然としたこの通りを慣れた足取りで歩いていくのにも驚いた。しかも横丁にいる人たちと親しげに話までしている。

父が年配の男に頭を下げている。

「いろいろありがとうございました……こちらが娘の真奈です」

「素敵なお嬢さんだねえ。お式は来週だっけ?」

どうして結婚式の日を知っているのだろう。不審げな顔に気付いたのか、父が言い添えた。

「花嫁の挨拶の煎餅を作ってくれた仙石煎餅さんだよ」

「あっ、その節は……」

父に続いて頭を下げると、仙石があわてた様子で手を振った。

「いいよ、いいよ、そんなかしこまらなくても。ところでどうだい、佐原さん? めでたい日の品だから包装には特に気をつけたけど」

「大丈夫でした。いろいろお気遣いをいただきまして」

仙石が煎餅の包装の話を始め、父が相づちを打っている。

夫になる人の故郷は関西地方で、花嫁はお祝いのお返しや、近所への挨拶まわりに煎餅を配る風習があるらしい。

姑《しゅうとめ》になる人からその話を聞いたとき、そうした風習は自分の家にはないので、婚家の地元で配っている煎餅を手配してもらおうと思った。

それを父に話したところ、まず「割れ物を配るのか」と驚いた顔をした。しかしすぐに「所変わればなんとやらと言うからな」とつぶやき、東京から嫁いでいくのだから、江戸前の煎餅を配ったらどうかと言った。

手焼きをしている煎餅屋を知っているという。

今どき、そんな風習に付き合うだけでも感謝してもらいたい。そう思ったから、その旨を素直に父に伝え、「だから適当でいいよ」と締めくくったら、叱られた。

結婚というものは、育った環境が違う者同士が寄り合って一つの家を作るのだから、相手の風習を尊重しつつも、こちらの持ち味も出していく。それこそが『今どき』のやり方ではないか。風習に付き合うから感謝してもらいたいなどという考えを持っていては、それが態度に出てしまう――。

無口な父が、訥々《とつとつ》と話す言葉を聞いていたら、やりきれなくなって「もう、いい」と遮《さえぎ》った。

するとと父は婚約者に直接連絡を取り、花嫁が配る菓子について詳細を聞いて準備を整えた。先日、家に届いたその煎餅は、鶴と亀、松竹梅や壽《ことぶき》の文字が入った煎餅で、紅白の水引がかかった和紙の袋に入っていた。

仙石と父の会話からわかったのだが、その煎餅を個別包装にしたり、袋を和紙にしたりといったアイディアは、仙石と父が何回か打ち合わせをするなかで出てきたものらしい。

いい勉強になった、と仙石が笑っている。

「これを機会にお祝い返しや挨拶に煎餅を添えるって提案をホームページでやれないかと、若い衆と相談してるところ」

そうだ、と仙石が孫のような男を前に出した。

「この間、会長のタッちゃんが言ってた、うちの横丁の管理とホームページを作ってる宇藤君」

宇藤がヒョイと頭を下げた。

お孫さんかと思った、と父が宇藤に言った。

いやいや、と仙石が手を振った。

「若く見えるけど、この人、もうすぐ三十らしいのよ。孫というより息子に近いな」

大きなお世話だと言いたげな顔で宇藤が仙石を見た。しかしその表情はすぐに消えた。

息子に近いと言ったとき、仙石は一瞬だが沈んだ顔をしていた。

おっと、と仙石が笑顔になった。

「……足を止めさせちまってごめんな。お二方、追分に行くんだっけ」

父がうなずくと、「あとでオイラたちも行くよ」と仙石が手を挙げ、歩き出した。

「あれ？　仙石さん、僕らも追分に行くんじゃないんですか」

父に軽く頭を下げて、宇藤が追いかけていった。

「何言ってんだい。洗面器を持ってバーに行けるか。オイラ、支度してくっから、ちょいと向かいのミコでかき氷でも食ってな」

会話を聞いていた父が、「あそこにミコっていう甘味屋があるんだ」と指差した。

「……あんこがうまい。冬は大判焼きで、夏は氷あずき」

「食べたことあるの？」

「店ではない」

それだけ言って、父が歩いていった。そのあとを真奈は追う。

もし自分が息子だったら、父はもっと話をしたのだろうか。

家では無口な父が、仙石や宇藤とは心やすく話をしていたのはとても意外だ。

お父さん、と呼びかけたら、「うん」と短い返事が戻ってきた。

「ここ、よく来るの？」

「たまに」

「たまにってどれぐらい？」

「月に一度」

「結構来てるんだね。どこに来てるの」

この先、と父が横丁の奥を指差した。

「この横丁はその店で行き止まるんだ」

指差された方角を見ると、路地の奥にほんのりと黄色い光がともっていた。あかりの下には重厚そうな木の扉があり、その脇には樽《たる》がある。

「あの樽、何？」

「シェリー酒、いやウイスキーかな。洋酒の樽だよ」

「何屋さん？　あの一角だけ雰囲気が違うね」

バーだ、と父が答えた。

「手前の店は右も左も夜は閉まるから、こんな時間でも、あの一角だけはいつも静かだね」

「お宮さんみたい」

お宮？　と父が不思議そうに言った。足を止めて、真奈は来た道を振り返る。

「この横丁を参道としたら、ちょうど神社がある場所にあのバーがある感じ。ミコもいるし」

　父がかすかに笑った。

「ミコって店の名は巫女《みこ》さんじゃなくて、ママのあだ名だ。ミチコさんを縮めてミコ」

　へえ、と相づちを打ったら、店の前に来た。

　どこからか猫の鳴き声がして、洋酒の樽の上に黒猫が現れた。狛犬《こまいぬ》のようなポーズを取り、こちらを見上げている。

「この子はデビイ」

　父が頭を撫《な》でると、心地よさそうに目を閉じ、猫がその手をなめた。

「好かれてるじゃん」

「今日は機嫌がいい」

「機嫌が悪いときもあるの？」

「女の子だからね」

「すみませんね、女の子は気分にむらがあって」

　父は答えず、軽く背を丸めて、バーに入っていった。

　冗談を言ったつもりだが、口調がきつかっただろうか。小走りであとに続いて、真奈は足を止める。

　店の奥に白いドレスを着た美しい人がいた。花瓶に挿した白と紫の桔梗《ききょう》を活《い》けなおしている。

父が軽く会釈をすると、微笑《ほほえ》みで挨拶を返して、その人はカウンターの奥にあるコーヒーマシンの陰に座った。店の人ではなく、お客のようだ。

知ってる人？　と父に聞いてみたい。しかし相手に聞こえる気がして、真奈は若いバーテンダーが引いてくれた椅子に黙って腰掛ける。

コーヒーマシンのほうを見たが、美しい人の姿は見えない。ただ一瞬、目にした微笑みが鮮やかに記憶に残って、この店に歓迎されている気がした。


冷たいおしぼりで手を拭ったあと、コンソメスープがデミタスカップで出てきた。温かいスープを飲んだら、急にお腹がすいてきて、真奈は渡されたメニューを見る。

食事に誘われたのに、メニューには酒の名前ばかりが書いてあり、夕食になりそうなものはない。すきっ腹に酒を飲んだら悪酔いをしそうだと思っていたら、父がバーテンダーに声をかけた。

白髪のバーテンダーは田辺《たなべ》という名前らしい。

近づいてきた田辺に「シーシーオ」と父が言った。

いつものように、と田辺が答えると、父がうなずいている。まるで暗号だ。

「真奈はどうする？」

「え？　私、お腹がすいた……」

「では先にいつものあれも」

かしこまりました、と田辺が答えると、若いバーテンダーが店の奥に入っていった。

お酒はどうする、と父がたずねた。

「何がいいの？　何がおすすめ？」

「真奈は普段、何を飲んでいるんだ？」

「えっ？　チューハイとかサワーとか……こういうところにはあまり来たことない。あ、そうだ。じゃあジントニックにしよう。ジントニックにする」

「シャンディ・ガフはどうだ。生姜、好きだろう？」

好きだけど、と真奈は口ごもる。たしかに身体を温めようと、日頃から生姜のお茶を飲んでいるが、シャンディ・ガフとはどんな酒なのかわからない。

田辺の穏やかな声がした。

「ビールとジンジャーエールを合わせたカクテルです。ジンジャーエールは甘口と辛口を用意してございます」

ジンジャーエールに甘口、辛口があるのかと思ったら、飲んでみたくなった。しかし洒落た名前がついていても、ビールのジンジャーエール割りだ。何も知らない子ども扱いされた気がした。

「いいです、ジントニックで」

父が黙った。よけいなことを言ってしまったという雰囲気だ。それを感じた途端に、せっかくだから勧めてくれたカクテルにすればよかったと後悔した。

どうして素直になれないのだろう。

つまみに出されたピスタチオを眺めながら考えた。

婚家の挨拶まわりの品も、煎餅店の店主との会話から察するに、父はいろいろ心配りをしてくれたようだ。思えばそうした心遣いに対して、きちんとお礼を言ってはいない。

店のドアが開いて、さきほどの煎餅屋と横丁の管理人が入ってきた。

田辺が二人の席の前に行ったのを見て、真奈は父にささやく。

「あのね、お父さん」

いろいろありがとう。そう言おうとしたが、急に照れくさくなってきた。

「あの……さっきの若いバーテンさんね」

「バーテンという呼び方はよくない。バーテンダー、あるいはマスター、もしくは名字で……」

「お父さん、なんでさっきから揚げ足を取るようなことばっかり言うの？」

「揚げ足じゃない、礼儀だ」

「礼儀って、こっちはお客でしょ」

「客にも礼儀は必要だ、それは人としての品位……」

もう、と言葉を遮ったら、父が黙った。

大きな声を出してしまった気がして、真奈はカウンターの端にいる田辺を見る。

煎餅屋の仙石がミコの氷あずきの話を田辺にしている。彼らには聞こえていないようだ。

売り言葉に買い言葉で言ってしまったが、客だから何をしてもいいとは本当は思っていない。穏やかな物腰で対応している田辺を見ていたら、この人に対しても失礼なことを言ってしまった気がした。

ごめん、と真奈は父にあやまる。

「私、今、言い過ぎた。気をつけるね」

父がピスタチオに手をのばした。しばらく殻を剝《む》いていたが、「その……」と言いかけた。

「何、お父さん」

「さっきの、若いバーテンダー……伊藤君がどうかしたか？」

「伊藤さんっていうんだ。肌、きれい。タカラヅカの人みたい」

「宝塚の人は肌がきれいなのか？」

「そうじゃなくて……タカラヅカの男役さんみたいに格好良いって言いたかっただけ」

「男に男役みたいというのはほめているのかな」

「もういい」

結婚相手の両親に初めて紹介されたとき、彼の母が宝塚歌劇団の大ファンだと知った。一度も見たことがないと言ったら、先月、関西の彼の実家を訪れた際に招待してくれた。未来の義母と一緒に鑑賞するのは緊張したのだが、舞台に現れた男役の生徒たちの麗しさに驚き、すぐにくつろいで楽しめた。

カウンターのなかにいる伊藤というバーテンダーは、翳《かげ》りのある横顔としなやかな身のこなしが、あのときもっとも目を奪われた男役に似ている。

きれいな男の人だと言いたかったのだが、たしかにわかりにくいほめ言葉だったかもしれない。

田辺が戻ってきて、注文した酒を出してくれた。

乾杯、とグラスを合わせたものの、依然として会話は続かない。黙って二人で飲んでいると、カウンターの奥から伊藤が出てきて、田辺に小皿を差し出した。

味見なのか、パンの端のようなものを口に運んだ田辺が、伊藤に続いて奥に入っていく。

その姿をぼんやりと見ていたら、田辺が細長い皿を運んできた。

「お待たせしました。今日はお皿で」

今日はお皿ということは、一体、普段は何に盛られているのだろう。半《なか》ば反抗的な思いで真奈は皿を見る。

あっ、と声が出そうになった。

皿にはハンバーグとタマゴ、二種類のサンドウィッチが二切れずつ置かれていた。どちらも切り口を上にして置いてあり、分厚いハンバーグをはさんだサンドと、しっとりとしたスクランブルエッグをたっぷりと盛ったサンドが交互に置かれている。

「このサンドウィッチ、ここのお店のなの？」

父がうなずいた。

「私、ずっと、パン屋さんのかと思ってた」

毎月、下旬になると、父は白い小箱に入ったサンドウィッチの詰め合わせを仕事帰りに買ってくる。

それはいつも金曜日で、土曜の朝になると、父は冷蔵庫から小箱を出し、ハンバーグサンドだけを軽くオーブントースターで温めてくれた。

タマゴサンドは冷えてもおいしいが、ハンバーグサンドは軽くあぶると、肉の脂が溶けてほぐれて、うまみが濃くなるという。

ハンバーグサンドをオーブントースターに入れると、父は手際よくトマトを薄く切っていった。そしてサンドが温め終わるとパンをめくり、ハンバーグの上に切ったトマトを重ねていく。

どうしてトマトを入れるのかと聞いたら、「女の子は野菜をとらなければいけないから」と力説していた。

説得力があるような、ないような理由を大真面目に言っていたのを思い出したら、自然に笑みがこぼれた。

十三？　十四年？　と言いながらなつかしそうに父がグラスを傾けた。

「ここの折り詰めを持ち帰るようになったのは。真奈が高校受験の頃だったな」

給料日がある週の金曜日に、この店に寄って、水割りを二杯飲むのが楽しみだったと父が語った。

「あるとき、たまたま小腹がすいてて、ここでこのサンドを頼んだらおいしくて。真奈にも食べさせてやりたくて持ち帰ったら、すごく喜んで。それ以来、土産《みやげ》に買って帰るのも月に一度の楽しみに」

そのサンドウィッチはここ数年、あまり食べていない。昔は楽しみにしていたが、いつの間にかそれは当たり前のことになり、最近はもう買ってこなくていいと断ることが多かった。

今日で最後だから……と父が声を詰まらせた。

その言葉に、今日は給料日があった週の金曜日だと気が付いた。

「真奈に買ってやれるのは、今日で終わりだから。最後は作りたてを食べさせてやりたくて」

ハンバーグサンドを一口かじった。カリッとしたトーストの歯触りのあと、香ばしい肉がほぐれて、熱い肉汁が口のなかに広がっていく。その間を縫うようにして、パンに塗られたマスタードとケチャップが刺激と甘みを交互に伝えてくる。

トマトが欲しいな、と思った。

作りたてはおいしいけれど、父が切ってくれたトマトが恋しい。

うつむいたら、涙がこぼれてきた。

「やだ、もう。お父さんの馬鹿」

言い方がきつかったのか、父が肩を落とす気配がした。

父とバー追分に行った五日後の夜、真奈は再びねこみち横丁を訪れた。

インターネットで検索すると、ＢＡＲ追分の情報はねこみち横丁の公式サイトにあった。それによるとあの店は十九時まではＢＡＲを「バール」と読ませてカフェの営業をしており、「バー」の営業は二十時半からだそうだ。

開店までにはまだ少し時間がある。横丁の店のどこかで時間をつぶそうかと考えながら歩いていくと、店内から女が出てきて、ウイスキーの樽に「ＯＰＥＮ」の札を置いた。

この間、見かけたのとは違う、若い女だ。その女は「デビイ」と猫の名を呼びながら、店の裏手へ歩いていった。

男たちの社交場のように思えて、バーに女が一人で行くのにはためらいがあった。しかし今、現れた女性は、ＢＡＲ追分のスタッフのようだ。

猫の名を呼ぶ声の朗《ほが》らかさに勇気付けられ、真奈は扉を開ける。

まだ客がいないカウンターの内側に、田辺が立っていた。今日は若いバーテンダー、伊藤はいないようだ。

コンソメスープを飲んだあと、前回、父が勧めてくれたシャンディ・ガフを頼む。ジンジャーエールは甘口か辛口か、どちらがいいかと聞かれて迷っていると、少し考えたのち、田辺が言い添えた。

「実は自家製のジンジャーエールもございます」

「自家製？　ここで作ってるんですか？」

「厳密に言いますと、昼間のバールで出しているものですが……」

いつもあるものではないと田辺が言ったので、せっかくだから自家製のジンジャーエールでカクテルを頼んだ。

すぐに細長いグラスに入った金色の飲み物が出てきた。グラスの上部には、きめ細やかな純白の泡が乗っている。

一口飲むと、きりりとした生姜の味にビールの苦みが重なって、思った以上に刺激が強い。それでいてほのかに甘く、見た目も味も華やかだ。たとえるなら、黄金のたてがみを持つ獅子《しし》のよう。

大袈裟《おおげさ》すぎるな、と自分のたとえに照れたとき、ここに来た理由を思い出した。

カウンターの内側で静かに手を動かしている田辺に声をかける。

田辺が手を止めて近づいてきた。

「今日はご相談があって来たんです、父のことで」

佐原様のことですか？　と田辺が聞き返した。

「はい、実は父にお酒を贈りたいと思いまして」

「申し訳ないのですが、私どもはボトルキープをしていないのです」

「そうじゃなくて、家で飲む用に贈ろうかって……ごめんなさい、営業妨害な話ですね」

田辺が微笑み、首を横に振った。

「父へのおわびというか、お礼の気持ちをこめたくて思いついたんですけど……」

あの夜、バー追分から家に帰ったあと、父が一通の預金通帳を差し出した。そこには五十万円の残高が記されていた。

すでに結婚資金として援助をしてもらったあとだったので、これ以上はいらないと通帳を返した。すると父がこれは「守り刀」だと言った。誰にも言わず、使わせず、万が一のとき、自分を守るために使う緊急用のお金だという。

守り刀って、いつの時代の話よ、と笑ってもう一度通帳を返したら、父が寂しげな顔をした。その翌日、家に帰ってきたら、部屋の机の上にまたあの通帳が置いてある。

今さら礼を言って受け取るのも決まりが悪く、そうかといって父のあの表情を見た以上、再び突き返すのも辛《つら》い。

通帳を見ながら、しばらく悩んだ。そこで受け取るにせよ、受け取らないにせよ、感謝の気持ちを物に託してみようと思いついた。

「あの……父がこの前、こちらで飲んでいたお酒は何でしょうか。シーシーオって聞こえました。ひょっとしたら獅子王、とか？　いろいろ考えて。ネットで調べたんですけど、わからないんです」

父が家に置いている酒を調べてみたら、酒屋で千円程度で買える安いウイスキーだった。いつもおいしそうに飲んでいるが、せっかくなら月に一度の楽しみという、この店で飲んでいる酒を贈りたい。

シーシー、と田辺がゆっくりと言った。

「アルファベットのCが二つ。CCという愛称のお酒をいつも召し上がっておいでです」

「CCを、って言ったんですね」

「こちらのお酒です」

田辺が背後の棚から、酒瓶を一本抜き取った。

「カナディアンクラブ。カナダのつづりのCとクラブのC。それを並べて、CCと呼ばれています」

その酒は家に置いてあるものと同じだった。

「そのお酒なんですか？」

田辺が静かにうなずいた。

「父は……こちらでも、高くないお酒を飲んでいたんですね」

田辺がカナディアンクラブの瓶をカウンターに置いた。

「お酒は嗜好品《しこう》、好《す》き好《ず》きで飲むものですから、高ければうまい、高いものが偉いというわけでもないのです」

「でも……」

真奈はシャンディ・ガフを飲み干す。

「守り刀」の通帳をよく見たら、長年にわたって二千円、三千円という小さな額が積み立てられていた。父は生活費や小遣いを切り詰め、こつこつと貯《た》めてきたに違いない。

カナディアンクラブの瓶を真奈は見つめる。

給料日がある週の金曜日、安い水割りを外で二杯飲み、家で待つ娘にサンドウィッチの手土産を買って帰るのが、父の唯一の贅沢《ぜいたく》だったのだ。

お酒は、と控えめな口調で田辺が言った。

「飲み手だけではなく、作り手も酒をこよなく愛する人たちです。安くても高くても、愛情と心血を注いで作る。酒の価値は値段ではなく、飲み手の好みが決める。自分の味覚に合うのが最高に佳《よ》い酒だと私は思います」

カナディアンクラブはいい酒ですよ、と愛《いと》おしそうに田辺が瓶を手にした。

「他のお酒や素材との相性もいいですから、カクテルにしてもおいしい。召し上がってみますか？」

空になったグラスを田辺がそっと下げた。

「ビールの代わりにカナディアンクラブをジンジャーエールで割ると、ＣＣジンジャーというカクテルになります」

父の好みの酒が、どんな味わいのカクテルになるのか。

興味が湧いてきて、真奈はＣＣジンジャーを頼んでみる。

細長いグラスで薄い琥珀《こはく》色の飲み物が氷とともに出てきた。グラスのふちに飾られたライムの緑が鮮やかだ。

軽くライムを搾って、そっと口にする。

「おいしい」

手にしたグラスと田辺を交互に見て、真奈は繰り返す。

「おいしい、すごく。軽くて……香りがふわっと広がって。すごくいい香り」

ジンジャーエールに配合したスパイスの香りだと田辺が語った。昼間のバールの担当者のこだわりで、選り抜きの国産生姜に、梅雨どきの身体を整えるスパイスを調合しているのだという。

ほっとした顔で田辺が酒瓶を棚に戻した。

「お手頃な価格の酒とは……いつでもそばにある、そばに置けるということでもあると思います。お父様はたしか、このお酒を学生時代から飲み続けていらしたというお話をうかがったことが」

「そうでしたか……」

ジンジャーエールの香りに気を取られたが、その香りを引き立たせて、軽やかな飲み心地に仕上げているのは、ウイスキーの力だ。

やさしくて控えめで、いつでもそばにいてくれる。

このお酒は父に似ている。


半年以上かけて準備をしてきた結婚式は、あっという間に終わった。式場の控え室で婚礼衣装を脱ぎ、真奈は二次会用の白いワンピースに着替える。

会社関係や親戚に挨拶を終えた新郎は、一足先に二次会の会場に行った。幹事の友人たちと今、準備をしているところだ。

ヘアメイクの女性に、婚礼用に大きく結われた髪型を小さめに直してもらいながら、真奈は二次会の準備の状況を刻々と報告する会話や写真をスマートフォンでチェックする。

新郎が友人たちと撮った、おかしなポーズの写真が送られてきた。それを見て笑っていたら、引き出物の紙袋を提げた父が控え室に現れた。

新郎の両親も見送ったし、親族への挨拶も一通り済ませたから、家に帰るという。それを聞いたら、二次会の準備に浮かれていたことが申し訳なく思えた。

父は一人で家に帰るのだ。

父のスマホが鳴った。紙袋を床に置き、父が機器を操作している。しばらく液晶を眺めたのち、ぽつりと声がした。

「飲みのお誘いが入った」

「どこから?」

「追分のみんなが飲みに来いって。花嫁、花婿の幸せオーラにあやかりたいそうだ」

床に置いた紙袋を父が再び手に提げた。

「真奈、お父さんはもう行くよ」

鏡の前から立ち上がろうとしたら、「いい、そのままで」と父が制した。

「でも……」

「支度を続けなさい。皆さんをお待たせしちゃいけない」

　父がドアを閉めて、去っていった。

　バー追分の常連の誰が父を誘ってくれたのだろう。

　目を閉じたら、樽の上でくつろいでいる黒猫の姿が浮かんだ。

「佐原さん、頑張ったね」

　バー追分の二十一時。水割りを頼んだ佐原に仙石が声をかけた。

　二杯目のジントニックを前にして、宇藤は佐原に目をやる。

　先週、会ったときより佐原が小さく見える。

　グラスにライムを搾りながら考えた。ひょっとしたら娘と一緒にいたときは気を張っていて、今の状態が普段の姿なのかもしれない。

　そうだとしたら、あれは父の威厳というものだったのだろうか。

　梅雨の晴れ間に恵まれてよかった、と佐原が言った。

　二次会の会場は庭がきれいな一軒家のレストランらしい。

「二次会も参加されたのか？」

錆《さび》のある声がした。昨夜帰国した、ねこみち横丁振興会の会長、遠藤だ。

「いいえ、あちらの親御さんも帰られたので、私も遠慮しました」

「ああいうのは若い人たちだけで羽目を外すのが楽しいのかもな」

オイチャンだって羽目をはずせばいいさ、と仙石が水割りを飲んだ。

「佐原さん、二杯と言わずに、今日はとことん飲んじゃえ」

佐原が首を横に振った。

「家が遠いので、なかなかそうはいきません」

「いいさ、つぶれそうになったら、あそこで休ませてもらいなよ」

店の奥の小上がりを仙石が指差した。

「いっそぐっすりあそこで寝かせてもらってさ。銭湯で朝風呂入って酔い抜いて。モモちゃんの朝メシ食って朝帰り。どう」

それは素敵ですが……と佐原が不思議そうな顔をした。

「朝風呂をやってる銭湯があるんですか？」

「なんでもあるさ、ここは新宿だよ。なくたって、どこかから調達してきちゃうさ、なあ？　タッちゃん」

「世界中のどこからでも」

日に焼けた顔をほころばせて、遠藤が立ち上がった。

「さて、俺はそろそろ行くかな。管理人、すまないが、二階の荷物はもう少しだけ置かせておいてくれ。この埋め合わせは必ずどこかでする」

「大丈夫です、お気遣いなく」

あれほど憂鬱になっていたのに、力強い声で頼まれたら、大丈夫だと答えてしまった。これが桃子の言う「直立不動でイエス、サー」の迫力なのかもしれない。

オイラも行く、と仙石も立ち上がった。

「明日は朝が早いんだった。じゃあね、佐原さん、モノカキ君」

遠藤と仙石に続いて、早い時間からいた客が店をあとにしていった。佐原と二人、バーのカウンターに残った宇藤は、ジントニックをゆっくりと飲む。

バーで飲むのはまだ少し緊張する。酒の味の違いもよくわからない。ただこのバーに流れているゆるやかな時間を味わうのが、最近好きになってきた。

客の出入りは潮の満ち引きのようだ。あと少したてば今度は新しい客が次々と訪れる。

バーテンダーの田辺が、佐原の前にサンドウィッチの皿を置いた。

ハンバーグサンドを一口食べた佐原が田辺に顔を向けた。

「ＣＣの……カナディアンクラブの二十年物を娘にもらいましてね」

「それは佳《よ》うございました」

「男手一つで育ててくれた年数、十八年の感謝と、あとの二年はママからの表彰状。そんなおかしなこじつけを言って」

田辺が優しい表情をして、佐原の前に水を置いた。

「酒を渡してくれながら、これからもよろしくって言われたけど、よろしくされても困ってしまう。旦那とうまくやってくれないと」

「お幸せになられるでしょう、素敵なお嬢様ですから」

安いから、と言って、佐原が声を詰まらせた。

「普通のCCを飲んでるわけじゃないって娘に言ったんです。そうしたらわかってるって。おいしいお酒だ。お父さんが若い頃からずっと飲んできたお酒なんでしょうって」

「奥様ともお飲みになられたんですか？」

ええ、と佐原がうなずいた。

「いつだって一緒でした」

ハンバーグサンドを口にした佐原が、両手で目を押さえた。

「なぜだろう。今日のサンドは、やけに辛子がきくなあ」

ジントニックのグラスの氷に、宇藤は目を落とす。

梅雨の晴れ間は終わるようだ。窓の外から雨音がやさしく響いてきた。

第3話

幸せのカレーライス

首筋に雨が当たると、ビニール合羽《がっぱ》のフードを降ろしていても、濡《ぬ》れたように冷たい。首に感じた冷えは全身に広がり、結局、雨に濡れているのとあまり変わらない気がする。

自動販売機の清涼飲料水の缶を補充する手を止め、江口隆《えぐちたかし》は合羽の首筋にたまった水を払う。

だからだろうか。自動販売機に清涼飲料水の補充をし、売り上げの回収を行う、自分たち『ルートマン』のなかには、雨が降っても合羽を着ない者がいる。

合羽を着ない理由はもう一つ考えられる。納品する自販機が企業や病院などの建物内部にある場合は、そこに入るたびに濡れた合羽を脱がなければならない。その日、納品にまわる自販機がインドアと呼ばれる室内置きが多い場合には、多少雨に降られても着ないで動いたほうが効率がいいからだ。

しかしどちらの理由であっても、このあたりに納品に来たら、誰もが合羽を着て作業をするだろう。

ねこみち横丁と呼ばれているこの路地の自販機は室外に設置されているうえ、ルートカーと呼ばれる清涼飲料水専用の運搬車を停《と》める場所がない。

そこで近くのコインパーキングに車を停めて、台車で品物を運ぶのだが、その距離が思った以上に長い。ようやく横丁に着いても、自販機は路地の奥にあり、さらに台車を押して進んでいかなければならない。今日のような大粒の雨の日は目的の場所に着く頃にはすっかり身も心も冷えている。しかし合羽を着ていれば、なんとか服は濡れずにすむ。

七月といえば夏なのに、今日はどうしてこんなに冷えるのか。早く梅雨明けしてほしいが、そうなると今度は真夏の炎天下での作業になり、六月、七月は悩ましい時期だ。

コーヒー缶の補充を終え、お茶の缶の補充を始めたら、自販機を置いている蕎麦屋《そばや》の換気扇からカレーの匂いが流れてきた。

誰かがカレー蕎麦を頼んだのだろうか。

腕時計を見ると、夕方の五時過ぎだった。早めの夕食を頼んだ人かもしれない。

カレーと蕎麦つゆが合わさると、スパイスの尖《とが》った香りが鰹出汁《かつおだし》に受け止められ、少し丸くなる気がする。

その丸みがいいっちゃ、いいけど……。

江口は心のなかでつぶやく。

やっぱりカレーはカレーライスが一番だ。安くてうまくて食べ飽きない。スパイスがきいた辛口カレーをスプーンでひとさじ食べるたび、身体《からだ》が内側からカッカと燃えてくる。

その勢いで仕事を乗り切りたくて、月曜の夜は元気をつけるためにカレーショップでポークカレー。金曜の夜はその週を乗り切った褒美《ほうび》として、ビーフカレーに卵かソーセージをトッピング。

嬉しいことがあったときや、自分に気合いを入れたいときにはトンカツをのせて、カツカレー。

金曜のカレーはテイクアウトをして、好きなアイドルグループのＤＶＤを鑑賞しながら食べる。デビュー以来、ずっと応援しているメンバーが一人いて、彼女は年に一度行われる人気投票で、二十四人いるメンバーのなか、いつも十一位か十二位あたりを上がり下がりしている子だ。

今年こそは十位以内どころか、六位以内に押し上げたい。そしてグループがテレビやプロモーションビデオで歌うときに、最前列に行けるようにしたい。それが江口の今年の目標だ。

そのために土日は彼女たちのイベントに出かけたり、インターネットで情報を集めて、ブログを更新したりするのに忙しい。週末のその楽しみのために平日を過ごしているといっても過言ではなく、トッピングをした金曜のカレーは、その時間が到来したことを祝う小さな花火みたいなものだ。

雨足が強くなり、身体に当たる雨の量が増えてきた。

今日は水曜、金曜日のカレーまであと二日だ。

がんばれ、俺。

飲料の補充が終わった。続けて江口は自販機のパネルや取り出し口を清掃する。

二十六歳のとき、新卒で入った物流系の会社を辞めた。配属先の人間関係に疲れたなか、立て続けにいくつかミスをして、辞めたというより、辞めさせられたという感じが近い。

それからハローワークで紹介されたこの仕事について、今年で三年目になる。

最近はようやく仕事にも慣れてきた。この自販機を終えたら、今日の巡回は終わりだ。

しかし営業所に戻ってからは、回収した売り上げ金を金庫に入れたり、伝票の整理をしたりする仕事が待っているから、まだ二、三時間は家に帰れない。

腹……減ったな。

昼食はいつも、コンビニで買った弁当やパンを路肩に停めた車内で食べている。今日は好みの弁当がなかったので、車のなかで焼きそばパンを一つ食べたきりだ。

冷えと空腹を感じたら、疲れが押し寄せてきた。週の半ば、水曜日はいつもそうだ。

それでも手を止めず、江口は自販機のそばのゴミ箱の中身を持参したビニール袋に入れる。ゴミを回収して、周辺の清掃をするのも大事な仕事だ。

ゴミ箱からペットボトルを回収しようとしたら飲み終えたペットボトルとともに、食べかけのおにぎりや唐揚げ、卵焼きが出てきた。

江口は顔をしかめて、食べ残しとペットボトルを分別する。

缶とペットボトル用のゴミ箱なのに、それ以外のものを入れていく人がいる。ただ、繁華街では汚物が入っていることさえあり、これぐらいならまだ良いほうだ。

続いて空き缶を回収したら、中身のコーヒーとオレンジジュースが飛び散った。捨ててから何日か経過しているのか、いやな臭いがする。

顔にかかったしぶきを袖でぬぐうと、先月、婚約が決まった妹の声が心のなかで響いた。

去年の年末、関西の郷里に帰ると、地元の信用金庫に勤めている妹が言った。自動販売機にジュースを補充するのは立派な仕事だけれど、お兄ちゃんは東京でずっとその仕事をするつもり？　年を取っても続けられるの？　将来のことをちゃんと考えている？

雨粒がフードのふちから落ちて、頬を濡らした。再び顔をぬぐって、江口は手を止める。疲れているのだろうか。みじめになってきた。

しっかり者の妹には、一つ年上の兄が何も考えていないように見えて、心配なのだろう。しかし他人の顔色をうかがってしまい、どこに行っても健全な人間関係を作れない自分にとって、一人で完結する仕事はありがたい。しかも運転中は自由に音楽が聴ける。好きなアイドルの歌声を浴びるように聞きながら働ける職場がほかにあるだろうか。

換気扇からさらに強くカレー蕎麦の匂いが漂ってきた。

やっぱり、カレーはいい。

スパイスの香りが、いやな臭いを吹き飛ばしていく。

再び手を動かし、ゴミをまとめる。気を取り直して、飲料の残りが入った段ボール箱を台車に積んだ。

この箱とゴミをルートカーに運べば、今日の屋外の仕事が終わる。

お茶に続いて、コーヒー缶の箱を台車へ運んでいたら、急に腕が軽くなった。

雨に濡れた箱の底が抜けたのだとわかった瞬間、すべての缶が道路に転がり落ちた。道路の舗装が古く、へこみがあるのか、缶は四方八方にごろごろと転がっていく。

「ああ……」

苛立《いらだ》ちとため息がまざった声をもらして、江口は缶を拾い集める。遠くに転がっていった缶を小走りで拾いにいくと、花屋の店先だった。

身をかがめて拾おうとしたら、やはり疲れているのか、思わず膝をついてしまった。

苦笑しながら缶をつかみ、江口は顔を上げる。

路地の奥、紫とピンクの紫陽花《あじさい》の鉢の向こうに洋酒の樽《たる》が見えた。樽の上には『今日の定食』と書かれた小さな黒板がのっている。

黒板の中央には『牛スジカレー　温玉のせ　６５０円』とあった。

牛スジか……。

故郷にいた頃は、近所のお好み焼き屋で牛スジ入りのねぎ焼きをよく食べた。甘辛く煮た牛スジと青ねぎがたっぷりと入ったお好み焼きのような『粉もん』だが、東京では見かけない。

何の店だろう。

不思議に思いつつ立ち上がると、焦げ茶色の扉の横に「BAR追分」という金色のプレートが壁に付いていた。

どうやらバーのようだ。

ところがよく見ると、そのプレートの下には「バール追分　開店中」という手書きの紙が貼ってある。

BARと書いて、バールと読ませるのだろうか。

変な店だと思いながら、台車に荷物を載せ、江口はコインパーキングへと押していく。

台車の荷物をルートカーに積み終え、ビニール合羽を脱いで運転席に座る。小さく一息ついたら、子どもじみた衝動が腹の底から突き上げてきた。

ハラ、減った……。メシ、食わせ。

子どもの頃、この言葉に節をつけて、母親に夕飯の催促をした。しかし一人暮らしの今は催促する相手がいない。

声にならない声をもらして、江口はハンドルに顔を伏せる。

カレー、食いたい。

傘をつかんで車から降り、江口は路地の行き止まりにあるあの店に急ぐ。

納品は終わった。でも苦手な事務仕事が残っている。

金曜日のカレーをおいしく食べるため、つなぎが欲しい。栄養ドリンクの代わりに今、あの店のカレーを身体に入れてしまおう。

バール追分の扉を開けると、カウンターの奥で若い男が軽く背を丸めて食事をしていた。上背はあるが細身で、ひょろ長い感じがする男だ。

入ってすぐ目に飛び込んできた、壁面を埋め尽くすほどに並ぶ酒に最初は圧倒された。しかし同じぐらいの年回りの客がいたことに安心して、江口は入口付近のカウンターに座る。

カウンターのなかには、人なつっこい目をした女がいた。彼女が一人で切り盛りしているようだ。こちらもおそらく同年代か、少し年下といったところだろう。

定食を注文したついでに、バール追分とは何かと江口は女店主に聞いてみる。すると「バー追分」の店舗を借りて営業しているカフェのような店だと答えが戻ってきた。こうした形態のせいか、この路地で働く人のなかには昼間のこの店を「ヤドカリ食堂」と呼ぶ人もいるそうだ。

食事ができるのを待つ間、手持ち無沙汰になって江口はスマホを見る。

最新のニュースを見たあと、何気なく奥を見ると、ひょろ長い男がうまそうに何かのソーダ割りを飲んでいた。

昼間から何を飲んでいるのかと興味を持ち、江口はメニューに手をのばす。酒かと思ったが、店内にはこれほど多くの酒があるのに、メニューのアルコールはビールとグラスのワインしかなかった。

そのかわりソフトドリンクは、店主の趣味なのか、手作りのシロップを使った飲み物がいくつも並んでいた。メニューに添えられた写真から察するに、男が飲んでいるのは『柚《ゆ》子《ず》蜜《みつ》のソーダ割り』だ。

可愛《かわい》い名前の飲み物だが、酒の棚を前にして、グラスからじかに飲んでいると、ウォッカのソーダ割りをあおっているようにも見えてくる。

しかしこのメニューの様子では、定食は女性向けのお洒落《しゃれ》なサイズで出てきそうだ。軽く後悔していたら、定食が出てきた。

半円の黒いお盆に緑の深皿とスプーンと箸が載っている。

皿には白いご飯《はん》とカレーが半分ずつ、たっぷりと盛られていた。

店主が小鉢と半月型の鉢を盆に置いた。

小鉢には温玉が、半月型の鉢には付け合わせのキャベツとキュウリ、ミョウガの塩もみのようなものが入っている。どれも満足感を得られる量だ。

温玉が入った小鉢を江口は手にする。カレーにのせようとして、ふと思いついたことがあり、店主に声をかけた。

「あの、醬油《しょうゆ》もらえますか？」

どうぞ、と店主が白い陶器の醬油差しを差し出した。

温玉に少しだけ醬油をたらし、江口は店主に返す。それから白いご飯に軽くくぼみをつくって、そこに温玉をのせた。

スプーンでそっと白身を突き崩し、とろりとした黄味をご飯に広げる。すかさずそこをすくって、口に入れた。

小さな卵かけご飯だ。食べたら顔がやわらぎ、笑みがこぼれた。

今度はカレールーをひとさじすくって、卵がかかったご飯にかけてみる。

カレー、黄味、白飯の三層になった部分をスプーンですくって食べると、再び頰がゆるんだ。

牛スジのカレーは、他の肉のカレーにくらべて、スジが煮とけた分、ルーがぽってりとしてコクがある。そこに卵の黄身が合わさって、深いコクが晴れやかな味わいに広がっていく。

一口分の超豪華・卵かけカレーご飯だ。

温玉とカレーを味わったあと、江口はカレールーを多めにすくって口に運ぶ。

入っている牛スジはゼラチン質が多くてとろけるものと、肉が多めに付いているものがあり、食感に変化があった。そのどちらもカレーのルーとよく絡み、一嚙《ひとか》みごとにスジ肉とルーのうまみを舌に力強く伝えてくる。

来て良かった。大正解。

心のなかで叫んで、江口はスプーンを動かし続ける。

顔を上げると、店主と目が合った。よく見ると、可愛い。

うまいス、と小声で言ったら、嬉しそうに笑った。自分の一言がその笑みを引きだしたのかと思うと、こちらも嬉しくなってくる。

いい店だなあ……。

スプーンを置いて、箸で半月型の小鉢をつまむ。付け合わせに入っているのはキャベツとキュウリ、ミョウガの浅漬け風のサラダだ。キャベツとキュウリの緑の濃淡にミョウガの薄い紫色が入って、色も味も清々《すがすが》しい。

雨は冷たく、仕事は辛《つら》く。今日はいろいろあったけれど、こうしてカウンターに座っていると、良い日に思えてきた。

冷たい水を飲み、再び江口はスプーンを手にする。

ごちそうさまです、と穏やかな男の声が聞こえてきた。

奥を見ると、男が食べ終えた食器を盆ごと店主に返している。

男が座っているさらに奥には、ノートパソコンと原稿用紙、万年筆が置いてあった。

カフェでノートパソコンを打っている人はよく見るが、原稿用紙と万年筆まで置いている人は見たことがない。ブログやＳＮＳへの投稿ではなく、本格的な原稿を書いていたようだ。

何者？　と男の横顔に江口は目をやる。

バーのカウンターで書く原稿は、どんな内容なのだろう。

そんな目で見ると、ひょろ長く見えた男が背が高くて寡黙ないい男に見えてくる。さっきのソーダ割りも柚子蜜ではなく、やはりウォッカを割っていたのかもしれない。

「温玉とカレーって……」

抑えた声で男が言い、軽く言葉を切った。

ハードボイルドな映画を見ているかのようだ。

「……合うんだね」

「合うね」

秘密をわけあうかのような声で店主が答えた。心なしか、こちらの声もトーンが低めだ。

「卵とトマトは何にでも合うと思うの。食後のコーヒーはいかが？」

いいです、と男が首を横に振り、グラスの水を飲んだ。

店主が空いたグラスに水を注《つ》いでいる。

「前の会社にいたとき……」

男がグラスを手にして、うつむいた。

「昼はカレースタンドで食べることが多くて。仕事でいいことがあると、カレーにカツをのせてた」

「カツカレーってご褒美感があるよね。カレーのトッピングの王様ってカツかな?」

王様? と物憂げに言って、男が水を飲み、それきり黙った。くだらない女の話にはつきあえないという風情だ。

王様に決まっとるやろが。

代わりに心のなかで答えながら、江口は付け合わせに箸をのばす。

カツとカレー。これ以上の組み合わせがあろうか。

「王様って変な表現かな。ごめんね、私、文才なくて」

気まずい雰囲気をとりなすように店主がわびると、男が口を開いた。

「エビフライ」

えっ? と店主が聞き返した。

「エビフライって何、ウドウさん」

エビのフライ、と男が力強く繰り返した。

「トッピングの王様というなら、エビフライも捨てがたく……」

「だって、いいことがあったらカツだったんでしょ」

「仕事でいいことがあったとき、です。そのときはカツ。プライベートでいいことがあればエビフライ、自分を励ましたいときはコロッケ。普段はソーセージでタンパク質を摂取です」

使い分けてたのね、と男の勢いに押されるように店主がうなずいた。

「……でもその下は全部カレー？」

「もちろん。カレースタンドですから。多いときは週五日」

「そんなにカレーを食べてたの？」

「早くて安い店はそこしかなくて……でもあまり飽きなかった」

わかる、その気持ち。

うなずきたくなるのを江口は抑える。

うまくて早くて安いカレースタンドの客は男ばかりだ。マラソンランナーが給水所で水を補給するように、その店でスタミナを補給して、客は店をあとにする。節約した時間は仕事か休養に当て、浮いた費用は自分にとって大事なもののために費やす。

彼女や妻や娘たちは、自分の彼氏や夫や父親がメシを食う間も惜しんで自分に尽くしていることをおそらく知らない。

ましてやミーシャは……。

北澤美沙《きたざわみさ》の美沙をもじってミーシャと呼ばれている、アイドルの顔を江口は思い浮かべる。小さくて色白で、黒髪のツインテールがたまらなく可愛いミーシャは二十四歳。そろそろツインテールをするのが辛くなってきたと本人は言っているが、黒目がちな瞳によく似合っている。

アイドルグループのなかでいつも十一番手、十二番手にいるあの子は、人気投票で自分の順位を押し上げる資金を稼ぐため、月曜と金曜にカレーで心を奮《ふる》い立たせて働く男のことなど知らないだろう。

それでもいい。ミーシャが喜んでくれるなら。

芸能界は遠く離れた別世界だけれど、だからこそ、彼女を眺めていると毎日が楽しい。

「トッピングの王様を好みで考えると……」

男がなおも分析を続けている。寡黙な男に見えたのに、カツの話でスイッチが入ってしまったかのようだ。

「……僕のなかではカツとエビフライで甲乙がつけがたく。だから王様というより、東西の両横綱って感じでしょうか」

東西両横綱……と店主が感心した声で言った。

「おお……ウドウさん、いいこと言うね」

しかしですね、とウドウと呼ばれた男が思慮深げに続けた。

「好みではなく、食べた回数の多さ。これで王様を決めるとコロッケなんです、僕の場合、圧倒的に」

「コロッケをのせるのはいつだっけ」

「自分を励ましたいとき」

「そんなに自分を励ましてたの？」

「恥ずかしながら」

「コロッケで？」

「その店で二番目に安いトッピングだったんです」

安い励まし……。その思いはブーメランのように自分に戻ってきた。

値段の高低じゃない。心意気だ。

「その頃の宇藤さんにうちの特製コロッケ、大量に差し入れしてあげたい」

店主が透明のピッチャーを手にして、江口の前に来た。

コップに水を注ぎながら、店主が聞いた。

「お客様はカレーにのせるなら何が一番お好きですか？」

「えっ？　俺？　なんで俺にまで聞くの？」

「もしよかったら、ぜひ」

来週の日曜の定食はビーフカレーの予定で、そのときにはオプションでトッピングが選べるようにしようと計画しているのだと店主が説明した。

日曜の夜は若い人が多いので、喜ばれるものを準備したいという。

戸惑いながら横を向くと、ウドウと呼ばれた男と目が合った。

聞かせてほしいという表情に軽い親しみを覚え、江口は口を開く。

「俺……俺はやっぱ、カツ。カツカレーがいい。でもたしかにエビフライもいいかな。ただ俺が行ってる店はエビが小さくて」

「エビが大きかったら、カツに勝つ？」

「伊勢《いせ》エビぐらいの大きさだったら」

伊勢エビか……と店主が遠い目をした。

「そうだね、エビっていろいろな種類があるもんね」

「それ以外だったらハンバーグとか」

「なるほど、ハンバーグカレー。上に目玉焼きをのっけたら、豪華かな」

「それは豪華」

ものすごく豪華、とウドウが同意したとき、店の扉が開いた。

アーミージャケットを羽織ったサングラスの男がウドウに向かって、手を挙げている。

白髪まじりだが、腕が太くて胸板も厚く、カーキ色のミリタリーウェアがあつらえたように似合っている。マニアなのか本職なのか、判別がつかない迫力だ。

「遅くなってすまなかったな。食事中か？」

「もう終わりました」

「よし、じゃあ二階を片付けよう。力仕事に向いてる連中を連れてきた」

モモちゃん、とアーミージャケットの男が店主に声をかけた。

「店を閉めたらでいいから、あとで上にコーヒーを届けてくれないか」

了解です、と、敬礼しそうな勢いで店主が答える。

パソコンや原稿用紙を抱えて、ウドウが店を出ていった。

食べ終えた皿を前にして、江口は思う。

今度、この店にまた来よう。来週の日曜がいい。その日はちょうどアイドルグループの人気投票に関連したイベントが新宿で行われる。

イベント、カレー、豪華トッピング。なんと素晴らしいトリプルコンボ。しかもカレーとトッピングの話に気を取られていたが、実はこの店、白いご飯もかなりうまい。


仙石煎餅《せんべい》のセンちゃんが言うに——と、ねこみち横丁振興会の会長、遠藤が事務所のソファに腰掛けながら言った。

緊張しながら、宇藤はその声を聞く。ソファの前のテーブルには桃子が運んできたコーヒーが二人前置いてあった。

「まあ、立ってないで座れ。コーヒーでも飲もう。お疲れさま」

「お疲れさまと言われても、僕は今日何もしてないです」

そんなことはない、と遠藤が笑った。

「センちゃんが言うに、『最近、うちの管理人が瘦せてきた。どうやら眠れないらしい。あんな軍隊のロッカールームみたいなところに寝かしておくからだ』と」

すまなかった、と遠藤が頭を下げた。

「お宝アイテムに囲まれて寝るとは、この道が好きな者にはたまらない話だが、興味がない人から見ると、ミリタリーの古着は少々怖いかもしれん」

「それは慣れたんですけど……僕はこのまわりにあった箱のほうが悩ましく……」

ほっとした思いで、宇藤はソファセットのまわりを見る。

ここに積まれていたダンボール箱と、寝室にあった古着類は、さきほど遠藤の事務所のスタッフだという三人の男たちによって手際よく運び出された。三人とも服越しにもはっきりとわかる、よく鍛えられた肉体の持ち主で、遠藤と同様に日焼けをしていた。

事務所のスタッフとは一体、何の事務所なのだろう。

聞いてみたいが、なんとなく聞きづらい。

箱？　と不思議そうに遠藤がコーヒーを飲んだ。

「あの箱がどうかしたか？」

「中身は粉ですよね」

　こぼれてたか、と遠藤が軽く顔をしかめた。

「袋も箱もゆるいツクリだったからな。なかを見たか？」

「すみません、ダンボールが崩れたところから、中身がのぞいていて……」

　のぞいた箱のなかにあったのは茶色の紙袋で、袋の口のあたりに白い粉がたくさんついていた。

　この箱を置いていったとき、火気厳禁と遠藤が言っていたから、火薬関係のものだというのは推測できた。ためしにインターネットで「白　粉　火薬」と検索したら、すぐにB火薬という言葉が出てきた。Bとはフランス語の白《ブラン》という単語の頭文字で、爆発力が強い白い粉の火薬らしい。

　あのう、とおそるおそる宇藤は聞いてみる。

「あれは、爆弾の原料か何かだったんですか？」

「いや、パスタの原料だ」

「パスタ？　パスタってスパゲティですか？」

「そうだ……それ以外に何かあったっけ？」

「ミートソースとか、かけるあれ？」

そうだ、と何度も聞くなというように遠藤がうなずいた。

「今日のバールの定食はカレーだったな。あれをかけてもうまいぞ」

「いえ、そうじゃなくて。つまり……小麦粉?」

小麦粉、と遠藤がうなずいた。

「俺はつい、うどん粉って言ってしまうけどな。あの粉はイタリアの小さな村で作られた最高品質の稀少な小麦を、水車小屋の石臼で少しずつ、少しずつ挽《ひ》いたきわめて貴重な粉で、門外不出。イタリア国内でも限られた人と店にしか売らんというから、もう本当にいろいろ大変で……聞いてるか?」

「聞いてますけど……。なんですか、もう」

力が抜けてきて、宇藤は膝に顔を伏せる。

「火気厳禁っていうから。てっきり火薬、B火薬ってやつかと……。あんな大量の火薬をソファのまわりに積まれた身にもなってくださいよ」

「俺は火薬とは一言も言ってないぞ。それに粉を馬鹿にするな。粉塵《ふんじん》爆発ってのがあってだな」

「フンジン爆発?」

「シュッてやらないのか? シュッて」

遠藤がスマホを触る仕草をした。

「センちゃんが感心していた。興味があることをすぐに調べるってところは、モノカキっぽいなと」

「シュッとする気力がないです、教えてください」

しょうがないな、と遠藤が説明をした。それによると粉状のものがある一定の濃度で室内に飛び散った状態で火花が散ったりすると、大きな爆発を起こすらしい。

「小麦粉でそんなことあるんですか？」

「砂糖や他の穀物の粉でもある……。今回は箱も袋もゆるかったからな。万が一、横丁の連中がここに来て、うっかり箱をひっくりかえして、そこにデビイが突っ込んで、粉がモクモク飛び散った状態で、ミコのママあたりが煙草《タバコ》に火を点けてみろ」

遠藤がこぶしを握ると、ぱっと広げた。爆発するという意味のようだ。

「そんな現象、初めて聞きました」

「わりと知られている話だと思うけどな。傭兵の有名な漫画にも登場しているし」

「傭兵って、外人部隊の人たちのことですか」

ま、とにかく、と話をそらせるように遠藤が言った。

「ずいぶん注意を払って保管をしてくれたんだな。ありがとう。パスタになったら、おわびに持ってくるよ。うまいぞ、生パスタ」

「そんな貴重な粉で作ったパスタ、どうやって茹《ゆ》でればいいんですか」

「モモちゃんに頼んでおく……モモちゃんと言えば、ここのキッチンな」

遠藤が振り返って、部屋の隅にあるキッチンを見た。

「追分の厨房《ちゅうぼう》は小さいんで、ここでちょっとした仕込みや準備ができるように、業務用のコンロが入ってるんだよ」

「それで換気扇があんなに大きいんですか」

「換気扇だけじゃない、ガスの配管も太くしてあるし、壁も床も不燃材にしてある。そのあおりで風呂場が割を食ったわけだが……地下の湯があるからいいよな」

「ええ、大丈夫です」

大丈夫どころか、かなりいい。これまでは風呂といえば、身体を洗えればそれでいいと思っていた。しかし地下の湯を知って以来、湯船でじっくりと湯につかることが楽しくなってきた。

食べる、飲む、風呂に入るといった、毎日行う何気ないことに楽しみを見いだすと、一日にはずみがつくようだ。

で、そのコンロだが、と遠藤が言葉を続けた。

「あの子はたいていのものは家で下準備してくるが、煮込みが必要なものはコンロが足りなくて、たまにここに借りにくる。めったにないが、そのときは快く貸してやってくれ」

「昨日、一昨日と、もう貸しました」

「早いな」

「牛スジの下ごしらえに来ました」

「そうか、じゃあよかった」

歯ごたえがあったり、出汁を取れたり、とろけたりと、スジ肉にも種類によっていろいろな特長があるらしく、桃子は三種類のスジを仕入れて、カレーにしているという。

その結果、下ごしらえの手間も三倍になり、遠藤が言ったのと同じ事情を遠慮がちに打ち明け、一昨日《おととい》の夜、大量の肉を抱えてこの部屋に来た。桃子は追分の前にある花屋の二階に住んでおり、そこは家庭用のコンロが一口しかないらしい。

振興会の事務所といえど、半分は自分の部屋でもある場所に女性が訪ねてくるのは妙な気分だ。しかもそのときは火気厳禁の箱がまだ積んであったので、コンロのまわりに水が入ったバケツを置き、桃子が火を使うときは立ち会った。

手伝えることはないらしいので、そのときは邪魔にならないところに立って見ていただけだが、スジ肉を茹でこぼしたあと、桃子は一つひとつを丁寧に水で洗って下処理をしていた。一皿のカレーライスを客に出すためには、いろいろな準備があるようだ。

「……ということは、あれを食べたか？　牛スジの煮込み」

「夜食に食べました」

下茹でが終わったあと、お礼だと言って、桃子が、牛スジをコンニャクと大根と一緒に甘辛く煮込んだものをくれた。スジは下茹でをしておけば、味付けしだいでカレーにも煮込みにもなるのだという。

「俺はカレーより、牛スジは煮込みのほうが好きだな。でもモモちゃんは煮込みをバールの定食には出さないんだよな」

「どうしてですか?」

「あれは酒のツマミだからって言って……。そうだ、今日は煮込みで一杯やるか。日本酒はいけるクチか?」

「あまり飲んだことがないんです。追分には日本酒もあるんですか」

「たまには別の店もいいだろう。煮込みがうまい店があるんだ」

遠藤とともに傘をさし、横丁を出口に向かって歩いていくと、向かいから仙石が友人らしき人と歩いてきた。顔のまわりに細かく波打った髪が放射状に広がった、アフロヘアの男だ。初めて会った人だが、どこかで見かけたことがあるような気もする。

ボンさんだ、と遠藤がつぶやくと、仙石とアフロヘアの男がほぼ同時に手を振った。

「おーい、タッちゃん」

「会長、おかえりなさい、仕入れ旅はどうでした?」

「上々だ。二人ともこれから追分に?」

そうです、とボンという男が楽しげに笑った。

「湿度が高くなると、キーンとしたものが飲みたくなって」

「オイラはプハーッ。モモちゃんによると、田辺さんのところに燻製《くんせい》が届いたらしいぜ」

ほお……と遠藤があごに手をやった。

仙石の言う「プハーッ」はビールに違いない。しかしボンと呼ばれる男が言う「キーン」とは何だろう。

遠藤が振り向いた。

「すまん、煮込みは今度でいいか？　俺もキーンとしてプハーッをやりたくなってきた」

「プハーッは想像がつくんですけど、キーンってのは何ですか？」

「聞くより飲め、だ。さあ行こう」

雨の向こうにバー追分のあかりが見えてきた。光に照らされた、どっしりとした扉を宇藤は眺める。

あの扉を開けたら今夜もまた、知らない世界をのぞくことができそうだ。


バー追分のカウンターで左隣に座ったボンに、キーンとしたものとは何かと宇藤はたずねた。するとと説明するより飲んだほうが早いと言って、一杯ごちそうしてくれた。

お近づきのしるしだという。

出てきたものはロックグラスに入った透明な酒だった。

グラスを持ち上げると、青草のような香りがたちのぼった。一口含めば、氷のように冷たい。酒の強さに舌がしびれるような快感を覚えて、宇藤は微笑《ほほえ》む。

銘柄を当てることはできないけれど、この味と香りは知っている。

「ジンを、ロックで召し上がっているんですね」

そうだよ、とボンがグラスを口に運んだ。

「管理人さんは言葉遣いがきれいだね」

彼は脚本家志望なんだよ、と右に座っている遠藤が言った。

「だけどウェブ関連にも強くて、横丁のホームページも作ったんだ」

「あれには着倒れ横丁のみんなが感心してた。今風というのか、ほっこりしているというのか、食い倒れ横丁が普段の二割増しで可愛く見えるって」

「ねこみち横丁って呼んでくれ、もっと可愛く」

遠藤の言葉に、ジンを飲みながらボンが笑った。つられてもう一口飲み、宇藤は軽くむせる。

無理するな、というように、ボンが背中を軽くさすった。

「すみません……。それで……あの、キーンというのは、キンキンに冷えているって意味ですか」

「ジンは冷凍庫に納まってるから、冷え方がキーンと澄み渡った感じがするもんでね」

「お酒が冷凍庫に入っているんですか？」

「そうだよね、田辺さん」

グラスを磨きながら、田辺が静かにうなずいた。

「どうして冷凍庫に？　固まらないんですか？」

「アルコールの度数が高いので固まりません。そして冷やすことでキレやシャープさのようなものが出てきます」

それも含めて、キーンとした感じなのか。抽象的な表現だが、飲んでみるとたしかにそんな雰囲気だ。

この店に来るようになって、酒にはずいぶんたくさんの種類があることを知った。ジントニックひとつをとっても、ベースになるジンには多くの種類があり、その選択には飲み手の個性が表れるようだ。

「ボンさんのジンはなんですか」

「タンカレーのナンバー10」

「会長は？」

「今日はボンベイ・サファイア」

「僕はここでジントニックをいつも頼んでいて……毎回、ジンの銘柄を変えてお願いしているんですけど、実は違いがよくわからないんです」

そういうことでしたら、と田辺が酒瓶を数本出した。

「少しずつくらべてみると面白いかもしれませんね。ゴードン、ビーフィーター、タンカレー、ボンベイ。そのあたりを中心に少しずついろいろお出ししてみましょうか」

田辺が小さなリキュールグラスに酒を注ぎ、一つひとつの名前を挙げながら渡してくれた。

一口ずつ、水と酒を交互に飲みながら、真剣に宇藤は味わう。しかし最初の二つは明確に違いがわかったが、四番目あたりからわからなくなってきた。

「だんだん違いがわからなくなってきました。でも今のところ……タンカレー？　これが好きかな」

「おいおい、その言い方だと牛タンのカレーみたいだぞ。ボンカレーみたいに言うな」

遠藤があきれたように言うと、「ほんとだ」と仙石が笑った。

「だけどオイラ、タンはカレーよりシチューのほうが好きだな」

「僕もどちらかというと、カレーよりタンシチューのほうが」

タンシチュー、と遠藤がうなった。

「たしかにあれはうまい。でもそれを言うなら、俺は肉より茶色いソースがかかったイモが好きだな。肉は出汁だよ」

俺も一言、とボンが話に入った。

「シチューじゃないよ。タンは炭火であぶって、塩とレモン。これが最強」

それも悪かないが、と仙石がしみじみと言った。

「茹でたタンを辛子《からし》で食うっていうのもオツだな。茹で汁を卵とじのスープにして、チビチビ飲みながらさ」

みんな戻ってこい、と遠藤が笑った。

「田辺さんと酒を、おいてけぼりにしてるぞ」

「そうでもないんです」

田辺が小皿をカウンターに出した。その上には薄切りのスモークタンがのっている。

「いろいろな食べ方がございますが、今夜は燻製のタンをどうぞ」


日曜日の夜、予定通りアイドルグループのイベントに参加した江口は、遅めの夕食をとりにバール追分に向かった。

横丁の店の情報が集まった公式サイトによると、夜のバー追分は日曜日が休みで、その分、昼間のバール追分は営業時間が九時まで延長されていた。

遅めの夕食が食べられてありがたい。食事をしたら、あとは帰って寝るだけだ。

それにしても……今日は疲れた。

新宿三丁目の駅近くのデパートの上にあるシネマコンプレックスで行われたイベントは、メンバーが全員出演した青春映画の封切りを盛り上げるためのものだった。

この映画のチケットは半券が投票用紙になっており、映画を見にいったファンはそこに自分が推すメンバーの名前を書き込む。

投票期間は今日から二週間。映画館で鑑賞したファンによる人気投票の結果は二週間後の日曜日に即日開票され、上位六名は次のプロモーションビデオと第二弾の映画で主役クラスに配役されるという。

ミーシャを六位以内に押し上げるため、江口は貯金を下ろして前売り券を大量に買った。舞台挨拶がある今日のために昨日は夜から並んで、座席の最前列を取り、三回行われた上映をすべて見た。

どの回も二十四人のメンバー、それぞれのファンが詰めかけ、館内は立ち見客であふれていた。

異様な熱気のなかで気分は高揚したが、映画館の暗がりから出たとたん、むなしさが押し寄せてきた。

前売り券をたくさん買ったのはいいが、仮に上映期間中、毎日映画館に足を運んだとしても、一人では到底使い切れないほどの枚数だ。それならば知人に配って鑑賞とミーシャへの投票を頼めばいいのだが、頼む相手がいない。

とりあえず先日、妹に十枚の券を送り、婚約者や友人と一緒に行ってくれないかと電話で頼んだ。すると「お兄ちゃん、大丈夫？」と聞かれた。

大丈夫って何が？　と聞き返したら、「お金の使い道とか……もっと将来のことをちゃんと考えようよ」と年末に会ったときと似た言葉で諭された。

将来とは、どれぐらい先までのことを考えればいいのだろう。

とりあえず二週間後の開票の日までは、いろいろ考えてはいるけれど。

路地を歩いていくと、ねこみち横丁へ曲がる場所に出た。

あの店が近いと思うと、少し気が晴れてきた。

今日のバール追分の定食は、店主の予告どおり、ビーフカレーだ。公式サイトの最新情報によると、いつもと同じ値段で今日はカツ、エビフライ、コロッケのなかから一つ、好きなトッピングが選べるのだという。

本当はカツをトッピングしたい。嬉しいことがあったときと、自分に気合いを入れたいときはカツだ。ただ今回はミーシャが六位以内に入るまで、とっておきたい気がする。

そうなるとエビフライかコロッケか……。

悩んでいるうちに横丁に到着し、江口はバール追分の扉を開ける。

八時を過ぎているせいか、店内に客は一人しかいない。

カウンターの奥にいる客は、先日見かけたひょろ長い男、ウドウだった。

江口を覚えているのか、ウドウが小さく目で挨拶をした。同じ挨拶を返して、先日と同じ入口近くのカウンターに江口は座る。

モモちゃん、と呼ばれていた店主が、笑顔で近づいてきて、揚げ物トレイにのったカツとエビフライとコロッケを見せてくれた。

これはサンプルで、急ぎでなければ、揚げたてをトッピングしてくれるという。

エビフライかコロッケと思っていたのに、分厚いカツに目がいった。エビフライはこぶりで、コロッケには元々、それほど愛着はない。

カツ、いっちゃおうか。

いや、それは二週間後、ミーシャのお祝いの日のためにとっておきたい。

待てよ、と江口はさらに悩む。

今日は良く頑張った。二週間後にカツカレーを食べるとしても、この店で食べられるとは限らない。そうだとしたら、前祝いに食べてもよいのではないか。

カツ、と言いかけて、江口は店の奥を見る。

ウドウが幸せそうにエビフライを食べていた。衣は薄め、みっしりと身がつまっていて、かなりうまそうだ。しかも皿を見たら、エビフライがもう一本のっていた。

カツ一枚と、エビフライ一本なら、カツに軍配が上がる。しかしエビフライが二本となると悩ましい。

ええっと……とつぶやいたら、ポケットに入っているスマホが鳴った。アイドルグループのファンクラブからのメールだ。

それを見たら「フェッ」と変な声が出た。

「速報！！！　ミーシャ、グループ脱退」と書いてある。

どうしました？　と心配そうに店主が聞いた。

「いえ、ちょっと……驚いただけ」

「何か不都合でも？」

「個人的なこと、個人的なことです」

メールを読み出したら、またスマホが鳴った。こちらはミーシャのツイッターが更新されたという通知だ。

あわててツイッターを見ると「引退します！　ごめん」とだけ書かれていた。

ごめんって書かれてもさ……。

脱退？　芸能界引退？　マジ？　とつぶやいたら、店主と目が合った。

お客様、と店主が心配そうに言った。

「トッピング、どうなさいますか」

再び、スマホが鳴った。スマホの画面を見ると、「ミーシャ、電撃結婚！」とあった。

脱退、引退、結婚。

なんだろう、この驚愕のトリプルコンボ。

カツ、エビ、コロッケを前にして、「えー……」と江口はうなる。

「エビになさいますか？」

映画の鑑賞券はまだ大量に手元にあるのに。これから二週間、映画館に通い詰めるため、むりやりまとめて休暇も取ったのに。

「いいえ、カツ。ああ、すみません。やっぱり……エビ、いやカツで」

「カツでよろしいですか？」

「はい……カツで」

あれほど頑張っていたグループの活動をやめ、あの子は花嫁になる。芸能界は遠く離れた別世界だけど、そこからさらに離れて、今度は姿を消してしまう。

でも……幸せそうだ。きっと幸せになれるだろう。それならいい。そういうことにしておこう。

じゃあ、お祝いだ。あの子の幸せを願って、カツを食べよう。

スマホをカバンに入れて、江口はうつむく。

この前と同じ半円のお盆がすぐに目の前に置かれた。

からっと揚がったカツが、カレーライスの上にのっている。とても堂々として、晴れやかな一皿だ。

心がくじけそうになるのをこらえて、カレーをひとさじ食べる。突然、目の前のルーの上にエビフライが一本置かれた。

顔を上げると、店主が微笑んでいた。

「サービスです。エビ、ちょっと丸まっちゃったから」

たしかにそのエビフライは心持ち、曲がっている。

エビフライにカレーをかけるかと店主が聞いた。

「えっ？　ルーも追加してくれるの？」

「カツにもかけます？」

うなずいたら、店主がたっぷりとルーをかけてくれた。

カレールーがしみたカツを食べたら、将来のことをちゃんと考えるようにと言った妹の声と顔が浮かんだ。

ああ、そうだね、と江口は心のなかの妹に語りかける。

お兄ちゃんはだめな奴だよ。

将来どころか、何を楽しみにして、明日から生きていけばいいのかわからない。

でもとりあえず、カレーはうまい。カツとエビフライを交互にかじってカレーを食べたら、少しだけ幸せな気持ちになってきた。今夜はひたすらカレーをかきこもう。

そして、とりあえず。

皿から顔を上げ、目の前の棚に、銀河のように広がる無数の酒瓶を江口は眺める。

来週もこの店に来てみようか。昼だけではなく、夜の部も。

第4話

ボンボンショコラの唄

ねこみち横丁の管理人の仕事は、働き方に取り決めがあるわけでもなく、時間の使い方は管理人自身にまかせるとのことだった。

そこで昼の二時から五時の間、宇藤は二階の事務所ではなく、なるべく「バール追分」にいて、横丁の住人の相談や依頼を受け付けることにした。

その旨を記した回覧板を回した三日目、客がいないバール追分のカウンターで宇藤は本を読む。

横丁の住人の訪問がなく、特に管理人の仕事がないときは、ここでシナリオの勉強をするか、コンクールへ応募する作品の構想を練ることにした。

ゆるやかな風を感じながら、ハリウッド映画の脚本術について書かれた文章を目で追う。

梅雨は明けたが、今日は涼しい。なるべくエアコンを使いたくないという桃子の考えもあり、バール追分の扉は開け放たれ、カウンターの奥には送風機が置かれている。

本の第一章を読み終えたとき、鼻歌が聞こえてきた。

ボンボンバエ〜と歌っている。

梵《ぼん》さんだ……。

本から顔を上げ、宇藤は扉の向こうを見る。

アフロヘアの男が横丁を歩いてくる。太めのジーンズに革製のサンダルを履き、とてもゆるやかな服装だ。

目が合ったので軽く一礼すると、梵がにこやかに手を振った。

「ボボボボンバエ〜。よう、お二人さん」

いらっしゃいませ、と桃子がはずんだ声で挨拶をした。

毎日、三時になると、青木《あおき》梵は鼻歌まじりにこの店にやってくる。

先日もらった名刺にはフィギュア作家と書いてあったが、現代美術のアーティストでもあるらしい。ねこみち横丁の近くに住居兼アトリエを構えていて、煎餅店の仙石とは『地下の湯』の脱衣場で将棋を指す仲だ。

梅雨が明けたねえ、と梵が桃子に話しかけている。

「まだ暑くならなくてありがたいです」

「今日ぐらいなら、送風機で間に合うもんね」

桃子が水とおしぼりを出すと、「いつもの」と梵が頼んだ。

「エスプレッソですね」

うん、と梵がおしぼりで顔をぬぐった。

「ピンチョスは何があるの？」

「大人のポテトサラダと、魚肉ソーセージとアボカドのマヨネーズあえ、それから生ハムです」

「魚肉のピンチョス、一つ」

バール追分には薄く切ったパンに小さなおかずをのせ、つまようじで留めた『日替わりピンチョス』というメニューがある。

これらは一律六十円で、コーヒーやエスプレッソを頼んだ客たちは気軽に一つ、二つとつまんでいく。ピンチョスというのはスペインのバルにある軽食らしい。

すぐにピンチョスとエスプレッソが出された。

エスプレッソが入った小さなカップに、添えられた角砂糖を二つ落とし、梵がスプーンでかきまわしている。それからカップの取っ手をつまむようにして持つと、すぐに飲み干した。

飲み終えた梵が「どうかした?」と宇藤に聞いた。

梵を見つめていたことに今さらながら気が付いて、「すみません」と宇藤はあやまる。

「べつにいいんだけど。そんなに顔を赤くされると照れちゃうな」

「僕は、エスプレッソってあまり飲まないんですけど、梵さんが飲んでいるのを見たら、すごくおいしそうに見えて」

ここのエスプレッソはうまいよ、と梵がピンチョスを食べた。

「豆もモモちゃんの淹《い》れ方もうまいんだろうな」

桃子が梵の前の小皿に新たなピンチョスを置いた。

「魚肉とアボカド、もう一個おまけ」

ありがとね、と梵がピンチョスに手をのばした。

角砂糖を包んでいた白い紙を宇藤は眺める。

「梵さんは甘党なんですか。結構、ガッツリ砂糖を入れるんですね」

「普通のコーヒーはブラックだけど、エスプレッソには砂糖を入れるね。そっちのほうが絶対うまいよ。チョコレートみたいなもん」

「チョコレート、ですか？」

「カカオ豆に甘みをつけて楽しむのがチョコレートなら、コーヒー豆に甘みをつけて楽しむのがエスプレッソ。甘いモン食べたくても、男がスイーツを頼むのって少し気おくれするじゃない。そんなときにはこれだよ。多めに砂糖を入れて、チョコレートを二、三粒食べるみたいに、クイッと飲む」

「お菓子みたいな感覚ですね」

「俺のなかではね」

梵が軽く身を乗り出して、カウンターの上にある本とノートを見た。

「管理人さんは原稿を書いてたの？　脚本家志望だって会長さんが言っていたけど」

「今日は本で勉強中です」

「じゃあきっと、俺が飲んでいるのを見て、おいしそうだと思ったのは、脳が欲してるんだよ」

「どうして脳が？　胃袋じゃなくて？」

脳の栄養は糖分なんだって、と梵が角砂糖の包み紙を手にした。

「だから頭を使うときには甘いものだよ。そうかといって菓子を食うと太るしね。自分の身体《からだ》に入れる糖分を目で把握できるから、エスプレッソは好きだな。でも人を待ったり、ゆっくり話をするときはコーヒーがいいね。モモちゃん、コーヒー追加」

ハーイ、と桃子がコーヒーを淹れる支度を始めた。

誰かを待っているのか、梵が開け放した扉から横丁を見た。

通りの向こうから、背の高い女が歩いてきた。おそらく身長は百八十センチ近く、白いドレスにサンダルを履き、長い脚をゆっくりと前に出しながら歩いてくる。ねこみち横丁がファッションショーの細長い舞台《キャットウォーク》のようだ。

ゴージャス、と梵がつぶやいた。

たしかにゴージャス。

感心しながら、宇藤も女を眺める。目尻が少し切れ上がった大きな瞳に、ふっくらとした赤い唇、白い肌。東洋人にもフランス人形のようにも見える豪華な美女は、靖国《やすくに》通り近くのクラブでママをしているという遠山綺里花《とおやまきりか》だ。

綺里花が店に入ってきた。

よお、ゴージャス、と梵が呼びかけた。

「あら、ボンボンバエ。ごきげんよう」

「今日もきれいだな」

臆面もなく梵がほめ、当然だというように「ありがとう」と綺里花が答えている。

アフロヘアの芸術家とゴージャスな美人の組み合わせは、見た目も会話も浮き世離れしている。

「今日のドレスも決まってるな」

「そう言ってもらえると嬉しいわ。……モモちゃん、いつものお願い」

「スパークリングのワインとボンボンショコラですね。……今日のフィリングはオレンジピールしかないんですけど」

「それでいいわ。三粒いただける？」

ドレスの裾を整えながら、綺里花が梵と宇藤の間に座った。

綺里花が着ているのは、胸元が三角のビキニのように深く切れ込んだホルターネックの白いドレスで、胸もこぼれそうだし、背中も大胆に開いている。

目のやりばに困りつつ、どこかでこのドレスを見たことがあると宇藤は考える。女性の服のことはわからないが、見覚えがあるデザインだ。

微笑《ほほえ》みながら綺里花が挨拶をし、横丁には慣れたかと宇藤にたずねた。

「かなり慣れました」

「会長さんがほめていたわよ、よくやってくれてるって」

「ありがとうございます……」

露出の多い服装をしているが、綺里花の物腰は凛としていて、気品がある。話しかけられたから会話ができるものの、そういうきっかけでもなければ、自分からは気安く声をかけられそうにない雰囲気の人だ。

これも何かのチャンスと思い、おそるおそる宇藤はたずねる。

「失礼ですが……あの、変なことを聞いてしまうんですけど」

何？ といった表情で綺里花が視線をよこした。まわりくどい聞き方をしたせいか、少し警戒されているような気がする。

「綺里花さんのドレスって今、流行《はや》っているんですか？」

いいえ、と綺里花が首を横に振る。

「古いデザインよ。これがどうかした？」

「見たことがないはずなのに、見覚えがあるんです、ものすごく」

あるでしょうよ、と梵が横から答えた。

「七年目の浮気だよ」

「七年目の浮気って？」

これよ、と綺里花が言うと、送風機の前に歩いていった。

風にあおられて、ふわりと白いスカートが舞い上がる。下着が見える直前で、綺里花がスカートを押さえた。その姿に古い映画のポスターを思い出した。

ああ、あれ、と言ったら、桃子が「マリリンだ！」とあとを続けた。

「そうだ、それ、マリリン・モンローの衣装だ。あれは『七年目の浮気』ってタイトルだったんですか？」

そうだよ、と言いながら、梵が苦笑した。

「脚本家志望で、マリリンもあの映画もパッと出てこないの？」

「名前は知ってるんですけど……」

マリリン・モンローの名前も顔も知っているが、映画を見たことがない。これでは知っていると言えないのかもしれない。

苦笑が消えると、今度は感心した顔で、梵が綺里花を見た。

「しかし相変わらず見事なラインの脚だね。特に足首のあたりが絶妙。こういうのを御御《おみ》足《あし》というんだろうね」

きれいですね、と相づちを打ちながら、スパークリングワインとボンボンショコラと呼ばれる一口《ひとくち》チョコレートを三粒、桃子が綺里花の前に出した。

「映画を見ているようで、ドキドキしちゃった。……昔の映画って、衣装が素敵ですよね。『ティファニーで朝食を』のオードリー・ヘップバーンの黒いドレスとか」

そうね、と綺里花がうなずき、ショコラを口に運ぶ。

「古い映画はお洒落《しやれ》の参考になるわ」

女性同士の会話に割って入るようで、緊張しながらも宇藤は綺里花に聞いてみる。

「あの……そういうのって時代遅れのファッションにならないんですか？」

「コスプレをして店に出る日だから、今日はそのままの衣装だけれど、古い映画の衣装を今風にアレンジするのは素敵よ。最先端のデザイナーたちも五十年代、六十年代の映画からイメージをふくらませて服を作っていたりもするし」

へえ……と間の抜けた返事をしながら、宇藤はハリウッドの脚本術の本を見る。

半世紀近く前に作られた映画が、今も女性のファッションの参考になるなんて。自分の書くシナリオにそんな力はあるのだろうか。

「脚本を……たとえば映画のシナリオを書くとしたら、ファッションのことも多少は知らないとまずいってことなんでしょうか」

大丈夫だよ、と梵がコーヒーを飲んだ。

「映画の陰にも女優の陰にも、ちゃんと専門の人がいるよ。なあ、ゴージャス」

「マリリンにはトラヴィーラ、オードリーにはジバンシィ。実は私にだっているのよ、頼もしい衣装係が」

うっとりとした表情で桃子が綺里花を眺めた。

「今日のドレスはその人が作ったんですか」

これはインターネット、と綺里花がドレスに軽く触れた。

「海外の通販でね。でも大事な服は全部、秘密のクローゼットにあるの。三丁目の交差点のあたりに。今日もそこの点検に行ってきたところ」

いたずらっぽく笑って、綺里花がワインを飲んだ。

三丁目の交差点、と梵が首をひねった。

「どこだ？　追分の交番の前あたり？」

「そうよ。梅雨も明けたし、シーズンの変わり目にはちゃんとチェックに行かないとね」

それってさ、と梵がコーヒーを飲んだ。

「もしかして……ゴシックな石造りで、てっぺんに伊勢の『伊』って看板があがってないかい？」

「あがってるわね。赤い文字で」

それ、デパートなんじゃ……と言ったら、「当たり」というように綺里花が軽くグラスを持ち上げた。

「あの場所は私のクローゼット、秘密の衣装部屋。シーズンごとに素敵な靴と服が大量に世界中から運び込まれてくるのよ」

「それはそうでしょうけど……」

「いつだって服や靴がずらりと最高の状態で置かれてるのよ。だから出すときは保管料を渡して、包んで袋に入れてもらって出てくるの」

すごい衣装部屋ですね、と言ったら、「そうでしょう」と綺里花がワインを飲んだ。

「あの館全部、自分のものだと思ったら気分がいいわ。なかなか取りに行けないのが玉に瑕《きず》ね」

「いいかも……その考え方」

夢見るような微笑みを浮かべ、桃子が菜箸を使う手を止めた。

「地下の食料品売り場は私の冷蔵庫」

「そこはモモちゃんにあげる」

「生ハムも、スモークサーモンも常に食べ頃の状態でスタンバイ。世界中のおいしいものがどっさりと……ああ……でも、たしかにめったに取りに行けないのが寂しい。ああ、でも……うっとりしてきた。素敵な冷蔵庫よね、綺里花さん！」

「女の妄想力って凄《すさ》まじいな」

「メンズ館は僕のクローゼット……」

君もかい、と梵が笑ったあと、軽く咳《せ》き込《こ》んだ。

「遠藤会長の言葉を借りれば、みんな、戻ってこい、だ。おっと」

梵が腕時計を見た。

「俺はもう、戻らなきゃ。じゃあね、ゴージャス」

軽く綺里花の背中を叩《たた》くと、梵が店を出ていった。

滑らかそうな背中の肌に触りたくなる気持ちはわかるけれど、セクハラではないかと宇藤は綺里花の顔色をうかがう。

しかし綺里花は怒りもせず、鼻歌を歌いながら去っていく梵の背を見送っている。

「モモちゃん、ボンボンバエ、顔色が悪くない？」

顔色？　と桃子が聞き返した。

「私は気が付かなかったですけど……」

手が熱っぽかった、と綺里花が自分の背に手を回した。

梵と綺里花はどういう関係なのだろうか。

友だちというには親密そうで、恋人というにはあっさりとしている。これが都会に棲息《せいそく》する大人の男と女なのかと思ったら、自分がひどく若造に感じられた。

マリリン・モンローの扮装《ふんそう》をして現れた日から五日間、綺里花は午後の三時になるとバール追分に現れた。しかし梵はあの日からずっと店に来ない。

旅にでも出ているのだろうかと桃子は心配していた。仙石の話では、創作に行き詰まると、梵はふらりとどこかに出かけていくらしい。

バール追分の休日明け、宇藤はカウンターで原稿用紙を広げる。

三時になると、再び綺里花が現れ、先日と同じメニューを頼んだ。

桃子が嬉しそうに、冷蔵庫からチョコレートを入れた保存容器を出している。

「ボンボンショコラ、新しいのを作ったばかりなんです」

「フィリングは何?」

「生姜《しょうが》の砂糖漬けと、木イチゴのジャム、それからアーモンドです」

「フランボワーズを三個ちょうだい」

フランボワーズとは何かとスマホで検索したら、木イチゴをフランスではそう言うらしい。英語ではラズベリーと呼ぶとも書いてあり、感心しながら宇藤は検索サイトを閉じる。

木イチゴもフランボワーズもラズベリーも単語は聞いたことがあるが、それぞれ別の植物の実かと思っていた。

綺里花が注文をしたあと、二人連れの女性客が三組、店に入り、カウンターはにぎやかになった。

桃子が忙しそうにチェリーパイを切り分けながら、女性客たちと話している。

手持ち無沙汰にワインを飲んでいた綺里花が視線をよこした。

「管理人さんは仕事中？」

原稿について考えていたが、「いいえ」と宇藤は答える。

「どうかしましたか」

「ボンボンバエは来てる？」

「最近ずっと来ていないです」

「そちらに行ってもいい？」

返事を聞かずに、ワイングラスとボンボンショコラをのせた小皿を持って、綺里花が隣に来た。

「よかったら、食べて」

有無を言わせず、口元に菓子を差し出されて、戸惑った。

断り切れずに口を開けると、溶けかけたチョコが唇に付いた。綺里花が指を伸ばして、そのチョコをぬぐい取り、自分の口に入れる。

それだけの仕草なのに、なぜか頬が赤くなるのを感じた。

動揺しながら、口に入った菓子を噛《か》むと、なかからとろりと木イチゴのジャムが舌にこぼれでた。

かすかに花の香りがした。フィリングとは、チョコの中身のことを言うようだ。

くる。

「ワインはいかが？」

「結構です」

綺里花が微笑み、軽く身体を宇藤に向けて、脚を組んだ。きれいな白い脚が目に入ってくる。

「退屈なんですか？」

「どうして？」

「女性美を讃《たた》える人がいなくて」

「あんなのいなくても、讃えてくれる人はいるわよ」

でも、と綺里花が軽く笑った。

「ボンボンバエの曲を聴かないとちょっと寂しいかな」

「曲？　あれはちゃんとした歌なんですか？」

「有名な唄よ、抑圧のもとにある人たちを歌った」

「ハエというのは、抑圧の象徴か何か？」

意味はないの、と綺里花が答えた。

「ただのスキャットだから……知らないか」

知らないわよね、と綺里花が苦笑いをして、ボンボンショコラを口に入れた。

「私もリアルタイムで聴いていたわけではないけれど、年を感じてしまうな。ビートルズとかクイーンとか聴いたことない？」

「名前は知っています。ビートルズの曲なんですか？」

違う、と綺里花がやさしく言ったとき、店の電話が鳴った。

えーっ、と電話に出た桃子が驚いた声を上げ、受話器を手で押さえると振り返った。

「宇藤さん、ごめんね。出前って頼める？」

「出前？　どこに」

「梵さんのところ。梵さん、具合が悪くてずっと動けなかったんだって」

ちょっと貸して、と綺里花が桃子に手をのばした。少しためらったが、綺里花さんに代わると梵に言って、桃子が受話器を綺里花に渡した。

どうしたの、と綺里花が言った。

「え？　何？　いいわよ。モモちゃんも管理人さんも忙しいから、私が行ってあげる。え？　ボンボンバエの部屋がきれいだとは思ってないもの。え？」

宇藤さんに代わってだって、と綺里花が受話器を差し出した。

電話の向こうから弱々しい声がした。

「俺、もう起きていられないから。誰でもいいから食い物を玄関の内側に置いておいて。住所はモモちゃんに言ったから。鍵はアロエの植木鉢の下ね」

「不用心だなあ。ピンポンを鳴らして、食べ物は外に置いておきますよ」

暑いから、と言ったあと、梵が激しく咳き込んだ。

「外に置いておかれても、いつ取りに行けるかわからない。傷むとまずいから、ドアの内側に入れておいて。おね……」

「梵さん、あれ？　梵さん」

話している途中で電話は切れた。

受話器を元に戻すと、綺里花が桃子に梵の家の住所を聞いている。声も、話している様子も変だったから、ひとまず先に部屋へ行き、病状を見てくるという。

出前の食べ物が準備できたら綺里花のあとを追うということになり、宇藤はあわててカウンターの上の原稿用紙を片付ける。

つばの広い黒の帽子をかぶり、綺里花が店を出ていった。

桃子から渡されたメモに書かれた住所をスマホに入力して、宇藤は梵の家の場所を確認する。

梵のアパートは「着倒れ横丁」と呼ばれる、近所の路地にあった。

梵の住まいは着倒れ横丁のランジェリーショップの二階にあった。

店の裏手にまわり、遠山綺里花は古びた鉄階段を上がる。

階段を上りきると、鉢植えが並んでいた。しばらく水をやっていないのか、どの鉢の植物もしおれている。

アロエの鉢の下から鍵を出して、綺里花は梵の部屋のドアを開ける。

廊下の奥から冷気が押し寄せてきた。身震いするほどエアコンがきいているが、閉めきっていたせいか、さまざまな臭いがこもっている。

ボンボンバエ、と声をかけたあと、「梵さん」と綺里花は言い直す。

「お部屋にあがるわよ。大丈夫？」

返事がないので、靴を脱いで部屋へあがる。廊下を歩いていくと、開け放したドアがあった。冷気はそこから流れてくるようだ。

そっとのぞくと、十畳ほどの部屋の隅にベッドがあった。

入るわよ、と声をかけて、綺里花はベッドのそばに行く。

短い髪の男が背中を向けて寝ていた。

誰？　と、警戒しながら、綺里花はあたりを見回す。

よく見ると、ベッドの向かいの壁に棚があり、そこにピエロの頭部が置かれていた。アフロヘアはそのピエロの頭に載っている。

おそるおそるベッドに近づいて、「梵さん」と綺里花は声をかける。返事のようなうめき声がした。

かすれているが、たしかに梵の声だ。

布団をそっとめくって手を入れる。なかは熱と汗がこもってしっとりと濡《ぬ》れていた。

「ひどい汗、ひどい熱。ちょっと梵さん」

うーん、と梵がうなった。

「救急車を呼ぶわね、これは風邪じゃないわ」

風邪だって……と言って、梵が咳き込んだ。

「風邪だけでここまでぐったりするはずないでしょう」

玄関のほうから声がして、宇藤が部屋に入ってきた。短髪の男に戸惑っている様子に、黙ってピエロの頭部を指差す。

ヅラ？　と宇藤がつぶやいた。

「管理人さん、それはいいから、救急車を呼んで」

救急車はいやだ、と梵が言った。

「絶対いやだ」

「そんなことを言ってる場合じゃないでしょう。だったらかついで病院に連れていくわよ」

梵が黙った。

「それならいいの?」

タクシー、呼んできます、と部屋を出ようとした宇藤がスマホを出した。

「通りに出るより、電話したほうが早いのかな」

「どちらにせよ、車は横丁まで入ってこられないから。入口のところで車を待たせて。二人で運びましょ」

いい、と梵が言った。

「病院はいやだ」

「何、ごねてるの。今さら注射が怖いって言うんじゃないでしょうね」

「往診……してもらえない?」

「往診してもらえる先生のあてはあるの?　かかりつけの先生はいる?」

「風邪、みてもらった。薬の袋のところに……」

「領収書があるのね。いいわ、無理して話さなくていいから」

ベッドサイドにある薬の袋の下に、内科医院の領収書があった。それを渡すと、宇藤が電話をかけだした。

その間に綺里花は梵の服を手早く脱がす。

「着替えはどこ?」

「クローゼットの……」

「いいわ、適当に開けるわよ。ごめんなさいね、着替えを探す以外は何も見ないから」

今すぐの往診は無理だと宇藤が言った。

「……六時に診察が終わったら来てくれるらしいですけど。どうしますか？」

「またかけ直すと言って」

夕方の往診を待っていていいのだろうか。

梵さん、と声をかけたら、わずかにうなずいた。

「六時になったら往診に来てくれるらしいんだけれど、待ってたら、手遅れになるんじゃないかってそれが心配。救急車がいやなら車で行きましょう。梵さん？」

梵が何も答えなくなった。

管理人さん、と綺里花は声を上げる。

「やっぱり救急車呼んで」

宇藤がスマホを再び手にした。汗に濡れた梵の身体を拭き、綺里花はクローゼットから出してきたTシャツとジャージを着せる。

救急車の要請をしていた宇藤が、綺里花に梵の意識があるかと聞いた。

「意識がないのか眠っているのかわからないわ」

「呼吸はしてますか？」

呼吸？　と聞き返して、綺里花は梵の鼻に手を当てる。

「たぶんしてる……してます、大丈夫」

冷静な声で宇藤が呼吸はしていると先方に伝え、的確な受け答えをして、電話を終えた。頼りなさそうに見えたが、思った以上に落ち着いていて、手配が早い。

救急車は着倒れ横丁の入口まで来て、そこから担架が来るそうだ。横丁の入口に待機して、救急隊員を部屋まで誘導してくれるよう宇藤に頼み、綺里花は梵の衣類やスリッパ、歯ブラシをまとめて、キッチンにあったエコバッグに入れた。そのバッグを玄関に運んだあと、アフロヘアのかつらを梵の頭に載せる。

それほど髪は薄くないのに、どうして梵がかつらをつけているのかわからない。しかしこれが梵にとって大切なものなのだとしたら、外に出るときはつけておかなくてはいけない気がした。

「ゴージャス、いえ、綺里花さん。お世話になりました……」

救急車で運ばれてから九日め。着倒れ横丁のアパートに見舞いに行くと、梵が深々と頭を下げた。

「本当にいろいろ……しかも引き続き、今日もまた」

救急病院に運ばれた梵は肺炎を起こしており、一週間入院したのち、昨日退院した。医師は十日間の入院が必要と言ったのだが、熱が下がった途端に梵が帰ると言い出した。病院が苦手なのだという。

梵がいやがった救急車を呼び、搬送の付き添いをして入院先まで行った手前、気になって綺里花は毎日見舞いに通った。ねこみち横丁の管理人である宇藤と、煎餅店の主人もたびたび見舞いに訪れたが、梵の身内らしい人は結局、最後まで見かけなかった。

そこで退院した昨日は、早朝のうちにアロエの鉢の下の鍵を使って家に入り、寝室をきれいに掃除して、ベッドのシーツを取り替えておいた。

おせっかいを焼いたことをいやがるかと思ったのに、今日は見舞いに来るなり、その礼を梵に言われて綺里花は戸惑った。

「いいのよ、毒をくらわば皿まで」

「それって悪いことをするときに使う言葉なんじゃないの。まあ、女王様みたいなゴージャスな女が、あれこれやらされて、あんた的には十分堕《お》ちてるのかもしれないけど」

「もっと堕ちる？　一緒に悪いことしてみる？」

体力ないよ、と梵が言った。

「……きわめて魅力的なご提案だけど」

「悪いことしましょうよ。とりあえず、病院では食べられなかったおいしいものでも食べましょ？　食欲は？」

ない、と梵が答えた。

「食べないと力がつかないわよ」

「わかってるけど……魚肉ソーセージぐらいしか入らない」

好きなの？　と聞いたら、「好きだね」と返事がすぐさま戻ってきた。

「子どもの頃から好きだ。仕事がたてこむと、ほとんど毎日食べてる。片手で食えるし」

「追分でもいつも魚肉ソーセージのピンチョスを食べてるもんね」

「魚肉とマヨネーズは合うよな。あとはナポリタン。ピーマンとタマネギとケチャップ炒《いた》めにしてスパゲティに絡めるやつ。鉄板に薄焼き卵を敷いた上にのっかって出てくるのが、美大の浪人時代に通っていた喫茶店の名物」

「学生の頃に食べたものってなつかしいわね」

「ゴージャスって年、いくつ？」

「見た目どおりよ」

「見た目からだと、美人は年がさっぱりわかんない」

年を聞かれるのは好きではないが、美人と言われたことに悪い気はせず、梵の目を見つめて微笑んだ。

食べ物の話をしていたら食欲と気力が出てきたのか、梵の顔にかすかに赤みがさした。

「でも俺が一番好きな食べ方は……」

「まるかじり？　赤いテープを歯で食いちぎって」

「そう、それだよ。二番手はキャベツと炒めたやつ」

「塩？　醤油《しょうゆ》？　味はどちらが好き？」

醤油、と梵が即答した。

「学生時代はそればかり食ってた。でも今はまるかじりしてるから、あの頃より金を持ってるのに、食事としては退化してるな」

「醤油炒めをラーメンにのせるの、好きよ」

「ゴージャスもラーメンなんて食うの？　それも自分で炒め物までして」

「店に出るときはゴージャスだけど、家ではつつましいのよ。ゴージャスを維持するには経費がかかるから」

そうだろうな、と梵が脚を見た。

「そうじゃなければ、維持できないだろうな。特にその脚のライン。でも今日はむくんでる。お手入れ不足は俺のせいだね、申し訳ない」

「好きでやってるんだから、気にしないで」

何も考えずにさらりと言ったが、好きでやっていると言ったとき、本当にそうなのだと思った。

梵と一緒にいると、気持ちが楽になる。クラブでは月に一度、コスプレの日があるのだが、その折に綺里花はいつも映画女優の扮装をしている。初めてそのコスプレをしたとき、バール追分に行ったら、トーキーの時代の古い作品だったのに、エスプレッソを飲んでいた梵がその映画の衣装だと気付いてほめた。

美しい人形を作っている人間は、自分以外の者が作った美にも敏感なのだろうか。映画の衣装以外にもこの男はめざとく、美しい装いをすると、惜しみなく賞賛をしてくれる。調子がいい男といえば、そうなのだが、その指摘はいつも的確だ。

それなのにどうして、自分の髪型には無頓着で、アフロヘアのかつらをかぶっているのかわからない。

「かつら……ウィッグだっけ。はずしたら？　まだもう少し眠るでしょう？」

そうだね、と梵がかつらを脱いだ。

「くださいな。ちゃんとかけておくから」

「自分でやるよ」

梵がかつらを脱いで、自毛を軽くかきあげた。アフロヘアのウィッグをかぶっていると、変わり者の芸術家という雰囲気がするが、取ってしまうと、実直そうな四十代の男の顔が現れる。

そうした容貌がいやで、この人は派手な髪型のウィッグをつけているのかもしれない。

「ありがと、搬送されたときにウィッグをつけといてくれて」

救急車のなかで目を覚ました梵はすぐに頭に手をやり、かつらが載っているとわかると安心したように目を閉じていた。

「どうしてウィッグをかぶってるの?」

自毛では、きれいなアフロはできないのだと梵が答えた。三十代後半から髪の量や質が変わってきたのだという。

「今のままでもいいのに」

「トレードマークというか、アフロのフィギュア作家ってことで有名になったから、看板を降ろすのが寂しいんだ」

「アフロじゃなくても評価は変わらないでしょ」

梵が作るフィギュアは等身大の大きなもので、立体の芸術作品の一つだ。十年前はアニメの登場人物のような作品を作っていたが、最近は神話の世界をモチーフにした耽美《たんび》的な作風のものを創造することが多い。インターネットの情報によると、梵自身も最近は自分の作品をフィギュアと呼ばず、人形《ひとがた》と呼んでいて、その作風の変化はこれまで以上に海外で高い評価を受けているようだ。

「どうだろうね……評価と言っても」

ウィッグを台にかけて、スプレーをかけると、梵は手で全体の形を整えた。

大きな手が細やかに、やさしく動いている。それを見たら、その手に触れられたくなった。

「海外での評価は、いわゆるクール・ジャパン？　あの波に乗って、さらにもてはやされているだけって気もする。だって少し前までは気色悪いビーストや女の人形を作ってるって、後ろ指をさされていた身だよ。容姿もふくめた存在コミコミで面白がられている気もしないでもない……」

というのは表向きの言い訳で、と梵が壁にかかった鏡を見た。

「本当のことを言うとね。俺、死んだ父親にそっくりで。年々、似てくる。髪がもっと薄くなったら瓜《うり》二つだな」

「悪くないんじゃない？　親に似るのって」

「でもおカタイ人だったよ。俺とは北極と南極ぐらいに対極にいた。小学校の先生だったんだ」

「堅いお仕事ね」

「親父《おやじ》に似てきた自分の顔を見ていると、あの人に土下座させたことを思い出す」

「何をしたの？」

ウィッグのほこりを吸ったのか、梵が軽く咳き込んだ。

「くだらない話なんだけど……俺は昔、結婚してて、その頃、人形は片手間に作ってたのね。広告のデザイン関係の仕事をしていて。三十歳を過ぎたときに、奥さんにそろそろ趣味をやめろって言われた。いい年をして、人形を作るのも集めるのも気持ちが悪いって」

「知ってて結婚したんじゃないの？」

「職場結婚だったから。自分で言うのもなんだけど、時代の影響もあって、社内的にはできる男って感じだったのよ。趣味のことは伝えてたけど……五年ぐらいは理解があったかな。でもある日、突然、キレられた。子どもも欲しい、家も欲しい。いい加減、大人になろうよ。あなた、趣味にどれだけお金をつぎこむの？」

「そんなにつぎこんでいたの？」

「累計で言えばね」

ティッシュで手をぬぐうと、梵はベッドに戻っていった。そのまま横になるのかと思ったが、背中に枕とクッションを当ててヘッドボードにもたれた。

「でも常識の範囲内……。収入のすべてを趣味につぎこんでいたわけじゃないよ。小遣いだったり、自分が作ったものを売っての臨時収入だったりで」

この人はどんな夫だったのだろうか。

結婚する。家庭を営むとは、どんな感じなのだろうか。

自分には生涯、手に入れられそうにない二つの事柄について綺里花は考える。得る喜びはないが、失う悲しみもない。それは不幸なのか、幸せなのか。

それで？　と綺里花は続きを促す。

「嫁さんには曖昧に返事をしていたんだけど、ある日、帰ったら、コレクションのほとんどが捨てられていた。彼女の親や、俺の親にも相談しての結果だって……どうして親を巻き込むんだ」

「少しはコレクションは残っていたの？」

「一番、エロくてグロい作品だけ残されていたよ。で、双方の親に写メを送られていた。こういうものを四畳半の部屋に集めたり作ったりしているんですって」

それなら全部捨てられていたほうがよかったのかもしれない。

隣の部屋に続く扉に綺里花は目をやる。

あの扉の先に梵の仕事場がある。今も昔もおそらく他の誰も入れない、聖域のような場所だったのだろう。

「みんなして、犯罪者みたいな目で俺を見てきて、嫁さんの言うとおりだという。電話で泣きながら俺のことを親に相談している嫁を見たら冷めた。それもこれも含めて俺じゃないか。すっかり疲れて、もう無理だ、別れようと言ったら、私の言っていることの何が間違っているのって、さらにこじれた」

「それで、どうなったの？」

「会社を辞めて、趣味を本業にすると言った。そうしたら、付き合いきれないって出ていった。離婚の理由がみんなの言う『変態じみた趣味』のせいなんで、父親は土下座して妻にあやまるし、それを見た母親は、お父さんのこの姿を見て、あなた、なんとも思わないのかって言うし」

「誰もあなたの味方をしてくれなかったの？」

「正論には勝てないよ。人に言えない趣味を持つなと言われたらそのとおり」

梵が自分の髪に手をやった。

「自分の顔を見ると、俺のことを恥だと思っていた父親を思い出す。でもアフロヘアを載っけていると、俺が俺に思えて安心する。親父は死んでもこんな髪型しないしね……と言っても、もう死んだけど。最後の最後まで、俺のことを認めなかったよ」

子どもじみてるね、と梵が笑った。

「……とらわれすぎてる。自分でもわかっているけど」

「そこまで深く傷ついたってことでしょう」

梵が軽く目を閉じた。

「傷ついたのかな。でもそのおかげで道が開けた」

「どういうこと？」

「もう二度と自分を殺さない。性格や趣味を矯正しろなんて、誰にも言わせない。そのかわり、一生、一人でいいって覚悟した。そうしたら不思議だ、道が開けて今に至る。何かを捨てると、何かを得るんだね」

でも……と梵の声が小さくなった。

「今度は得たものを失うのが怖くなった。一人ではなくなったら、俺は今、得ているものを失うんだろうか」

「何を失うのが怖いの？」

「わからない。今の暮らしかな。それとも世間様の評価？」

わからない、と梵が繰り返した。

「気になる人がいなかったわけでもないけれど、それが怖くて。ずっと一人のまま」

「何かを得たら何かを失う。でも失ったことで、また何かが得られるかも。夜が来たら光を失うけど、光を失うから新しい朝が来る」

ロマンチストだね、と梵が笑った。

「天体の運行について話しただけよ。だいたいね、風邪をひいて一人で寝込むって、一生、一人と覚悟したから、肺炎起こすまでじっと寝ていたわけ？　気持ちはわかるけど、そういうときは気軽に誰かを頼ってもいいと思うの」

ボンボンバエ、と歌うように呼びかけたら、二人の男が交互に歌うあの唄を思い出した。

「気になる人がいるのなら、二人になってみればいいじゃない。どうして自分にチャンスを与えてやらないの？　あなたがいつも歌っているあの唄はそう言っていたはずよ」

「ただの鼻歌だよ」

「そうだったの？　それなら、ごめんあそばせ」

静かな眼差《まなざ》しを向けたあと、梵が軽く目を伏せた。

「ゴージャスが……」

梵が少し間を置いたのち、口を開いた。

「……ママをやってるクラブは、流行ってるんだって？」

「おかげさまでね」

「わかるよ。いい店なんだろうな」

眠ったほうがいいわ、と綺里花は声をかける。

「あまり話すと、身体にさわるから。新しい魚肉ソーセージを買ってきてあげる。他に欲しいものは？」

「ない」

梵が目を閉じたのを見て、綺里花は部屋を出る。

買物をして戻ると、梵は寝息を立てていた。

冷蔵庫に買ったものを入れながら、潮時かもしれないと思った。

もう、ここに来てはいけない。

これ以上いたら、梵を好きになってしまう。

好きになったところで、甘い結末など望めはしないのに。

一週間後、クラブに出勤する前の夕方、バール追分に行くと、梵は三時になるとエスプレッソを飲みにくる生活に戻ったと桃子が教えてくれた。

なるべくクーラーをかけずに営業をしたいと言っていた桃子は連日三十度を超す暑さに音を上げ、バールの扉を閉めて、冷房をかけていた。

伝説では象は死期を悟ると、群れを離れて象の墓場と呼ばれる場所に行くらしい。誰にも命の消滅を悟らせず、ひっそりと姿を消してしまうそうだ。

それにならって、今日かぎり、あの店にはもう行かないことにした。

死期を悟ったわけではないが、ひとつの付き合いが明らかに終わりを迎えた気がするからだ。

夜の十時半、新宿の靖国通りに面した雑居ビルの一室で、綺里花は客のホロスコープを読む。

美を追い求めて整形手術をして、長年そのメンテナンスを続けてきた。同じような事情の二人を誘って、「綺里花」というクラブを開いて今年で八年になる。

一人が料理がうまく、もう一人がタロットカード、そして綺里花は西洋占星術をするので、恋愛相談ができるクラブとしてクチコミが広がり、不景気でも女性客が途切れずに来てくれて、細々と経営が成り立っている。

向かい合った客が語る恋の相談に耳を傾け、綺里花は星を読む。その結果を客に説明しながら、梵との会話を思った。

何かを得たら、何かを失う。しかしそこからまた新しい何かを得られるかもしれない。その繰り返しだと梵には言った。しかし自分自身に関して言えば、何かを得ようと求めた時点で、すべてを失ってしまう。

たとえば――梵の愛情を欲しいと願っても、今より先に進めない。

豊胸手術を施した胸は形はきれいだが、女の役割を果たさない。

それがわかったとき、元の友人のような関係に戻れるだろうか。何もかも消えてしまう気がする。

それなら友だちのままでいたほうがいい。だけど今のままでいるのは、もう苦しい。

そのくせ、心のどこかでひそかに願っている。梵がこの店をたずねあてて、会いに来てくれないかと。バール追分には、もう行かないと決めたくせに。

一体、どうしたいのだろう。

客の恋愛相談には答えられるのに、自分のことはよくわからない。

どこからか、きな臭い匂いがしてきた。

客との会話を止《や》め、綺里花はあたりを見回す。

何か、臭いますね、と客も不審そうにあたりを見回した。

煙草《タバコ》？　それとも厨房《ちゅうぼう》で何かが焦げているのだろうか。

店の奥にあるキッチンにいるスタッフに声をかけようとしたら、天井の角から白いものがじわじわと漏れ出てきた。

煙？　と誰かが声を上げた途端、天井の継ぎ目に沿って一筋、赤い炎が走った。それはすぐに黒い焦げ目に変わり、今度は一気に燃え上がった。

逃げて、と叫び、綺里花はクラブのドアを開ける。廊下を見ると、同じ六階のフロアにある他の二つのクラブからも人が出てきていた。

エレベータに殺到している人のなかから、「階段はどこ」、という声がした。

階段、と綺里花は叫ぶ。

「この奥、トイレの先に非常階段があります。非常階段はトイレの奥。そちらから降りて」

いっせいに人々がトイレへと駆けていった。

備え付けの消火器を持ち、女性客とスタッフとともに、綺里花も非常階段に向かう。

室内の電源が落ち、悲鳴が上がった。

綺里花は店のスタッフと客の数を確認し、非常階段から送り出す。皆が階段を降りていくのを見届けてから、上を見た。

このビルは七階建てで、火が出ているのは一つ上の最上階のようだ。しかし非常階段を誰も降りてこない。七階に向かう階段の踊り場に上がると、悲鳴が聞こえた。駆け上がって非常階段のドアノブを回したが開かない。鍵がかかっているようだ。

ドアにはまったガラスを消火器でたたき割り、手を突っ込んで解錠してドアを開けると、なかにはダンボール箱が積まれていた。

室内から、人々が箱を動かしている音がする。

「ドア、開いたよ。こっちからも箱を出すから」

声をかけて、積まれているダンボール箱を綺里花は階段の踊り場に運び出す。五つ目の箱を外に出したとき、室内で箱を移動させている人の顔が見え、通路が開いた。

ドア開いた、と叫び声がして、煙とともに次々となかから人が出てきた。

綺里花さん、と声がして、顔見知りの女が年配の男を支えながら出てきた。二人とも上階の串揚げ屋のスタッフだ。

「けがしてるの？　残ってる人は？」

もういません、と年配の男が言った。

「今日はお客さんが少なかったんで」

客は避難したとスタッフが重ねて答えた。最後まで留《とど》まった店長が足にけがを負ったのだという。

先に降りて、と綺里花は顔見知りのスタッフを促し、店長に肩を貸す。その瞬間、室内から爆風が吹き付けてきた。

何かが当たった。そう思った瞬間、左頬が床に着いていた。

女の悲鳴が長く、尾をひいて聞こえてくる。

音が消えたと同時に目の前が暗くなった。


キリカーさん、キリカーさん、と声をかけられ、綺里花は目をさます。

看護師が顔を寄せている。

「桐川《きりかわ》さん、徹《とおる》さん、お休みのところ、ごめんなさいね。血圧と体温を計らせてもらえますか」

病院はいやだ。

十代の初めから自分の性別に違和感を感じて、二十歳のときにこの町に来た。桐川徹という名前を捨て、遠山綺里花と名乗って暮らしてきたけれど、病院と銀行と役所に入ると、綺里花は桐川に戻ってしまう。

午後の検温が終わったあと、ベッドサイドに手をのばして、綺里花は新聞を取る。十日前のその記事には、新宿の雑居ビルで火災があったことと、けが人が二人と書いてある。

そのうち一人は串揚げ屋の店長で、一人は綺里花だ。けが人と書かれたところに男二人の名前と年齢が書かれている。

あのとき何かがぶつかったと思ったのは、室内から吹き付けた爆風で避難通路に積んであった箱が飛んできたようだ。はずみで階段の床に叩きつけられて、この病院に運び込まれた。骨には異常はないが、全身打撲で全治二週間だという。

かばったつもりはないが、結果的に店長をかばったことになり、彼は足の捻挫ですんだようだ。

身体の痛みも辛《つら》いが、腫れがひどいのと、新聞に本名と年齢が載ったのがさらに辛い。担架で運ばれていったけが人は女の姿をしていたのに、実は男だったとわかって驚いた人がきっとたくさんいるだろう。

ノックの音とともに、「桐川さん」と声をかけられ、綺里花は新聞を元の場所に戻す。病院のスタッフが、見舞いの客が来ていると告げた。バール追分という店の使いの男性だという。

どうしますか、とスタッフが聞いた。

「お断りしてください」

わかりました、と部屋を出かけたスタッフを綺里花は呼び止める。

BAR追分のオーナーと、その二階にある、ねこみち横丁振興会の会長には、店を出すときに世話になっている。

あの二人からの使いをむげにすることはできない。

「すみません、やはりお通ししてください」

「いいんですか？」

いいです、と綺里花はうなずく。入れ替わりに小さなバスケットと紙袋を持った男が入ってきた。

青木梵だった。

「やあ、ゴージャス。きれいな靴を持ってきたよ。あんたの御御足《おみあし》にぴったりの」

元気になったら履いてくれ、と、渡された靴を綺里花は見つめる。ダイヤのようにキラキラと光るビーズと羽根がついたサンダルだった。

「ジュゼッペ・ザノッティ？　それともレネ・カオヴィラ？」

宝石のように美しい靴を作るブランドの名前を挙げると、「いやいや、ボン・アオキ」と梵が自分を指差した。

「ベースになる靴を買ってきて、天然石とビーズでカスタマイズした。気に入ってくれたら嬉しいんだけど」

履いていいのだろうか。靴というより、芸術作品のようだ。

災難だったね、と梵がパイプ椅子を広げると座った。

「でもよかった……」

「よくはないわよ」

この人の前では、ゴージャスな美人でいたかった。

よくはないけど、と梵が声を詰まらせた。

「俺、あんたが担架で運ばれていくところを見たからさ。救急車に乗せられるところまで追いかけて。ずっと声をかけてたんだけど、まったく動かないし」

よかった……と梵が繰り返して、口元を押さえた。

「……本当に」

軽く梵が鼻をすすった。

「どうしてあの場所にいたの？」

「バー追分で飲んでいたら、火事だって話を聞いてね。通りにすごい人が出ているって話。ビルの場所を聞いたら、遠藤会長が綺里花さんの店が入っているところだって。それで……」

ばれたのね、と言ったら「何が？」と聞かれた。

黙ってベッドにある「桐川徹」の名札を指差す。

ああ、それ、と梵が軽く言った。

「それがどうした、というのが、みんなの反応だよ。桐川さんでも綺里花でも別に変わりはないって」

「でも驚いたでしょ？」

　俺？　と梵が聞き返して、パイプ椅子にもたれた。

「俺は最初からわかってたよ」

「どうして？　私の背が高いから？」

　コッカクがね、と梵が言った。

「コッカク？」

「骨だよ。ものを作るとき、俺は骨から組み立てて考える。逆に、美しい造形を見ると、内部の構造を考える。雄と雌は骨格が違う。さわってみたら、よくわかるよ。だからよけいにすごいと思った。見事だ」

「見事って……」

「俺は美しい造形を追求しているけれど、自分の身体を使って、美を追求するのは怖くてできない。俺の作品は動かない。だけど身を削って作ったあんたの造形は動く、笑う、踊る。かなわない。ずっと尊敬していた」

　尊敬という言葉を綺里花はかみしめる。

　入院中に、新聞を見た母と兄が連絡をしてきた。無事でよかったとは言っていたが、名前が出たのを恥ずかしいとも言っていた。

誰かがスマホで火事のときの動画を撮っていて、『獅子《しし》奮迅の働きをした美女が負傷』というタイトルでインターネット上に流したが、そのあとの報道で男だとわかり、話題になったらしい。

勝手に撮影されて、知らぬ間に話題になって。好意的に取り上げられても、本人や身内にとってはいたたまれないことだ。

梵を見たら、涙がこぼれた。

この人もまた、身内に受け入れられなかった人だ。

「綺里花さん。生きててくれてよかった」

梵が手をのばし、ベッドの上に置いた綺里花の手を握った。

「得たら、何かを失うとしても、それでもいい。死んでいるのかと思ったあの時間のことを考えたら。遠回しなことは言わない。一緒に暮らそう。よかったら籍も入れよう、結婚は難しくても、別の方法があるだろう」

待ってよ、と綺里花はそっと手を振り払った。

「落ち着いて考えて」

「ずっと考えた結果だよ」

「それなら言うけど。私の身体はメンテナンスが大変なの。ホルモン注射が必要だし、それをやめたら男に戻る。そうしたらただの大男よ。今だってスッピンの私、汚いでしょ」

「汚くないよ」

「でもいつか、身体のほうがもたなくて、注射をやめる日が来る。整形だっていつまでもつかわからない。そのとき変わっていく私を見られるのは辛い」

「そうなると太るの？」

わからない、と答えたら、梵が軽く頭を掻《か》いた。

「太る、太らないはおあいこだな。じゃあボリボリ菓子を食って、腹をかいて、ゴロゴロ寝転んだりする？」

「しないわよ」

じゃあいいよ、と梵が笑った。しかしすぐに真面目な顔になった。

「永遠の美は俺の作品のなかにある。決して変わらないし、年もとらない。だからこそ変わっていくものが欲しいよ。一緒に過ごして、時間を重ねて深めていけるものが」

生きているから、変わるんだ、と梵が言い添えた。

「それを実感した、この数日間で。あの横丁の部屋は狭いからアトリエとして残して、どこかで新しく暮らしてもいい」

「勝手に決めないでよ」

そうだね、と梵が恥ずかしそうに言った。

「俺の気持ちばっかり矢継《やつ》ぎ早《ばや》に押しつけて。でも俺の好きな唄は、こう言っている。どうして愛ってやつにチャンスを与えてやらないの？」

湿布を貼り替えに看護師が入ってきた。それを機に梵が立ち上がった。

「ＯＫなら、ショコラを食って、追分の交差点にあるあんたのクローゼットに行こう。預けてあるものを取りに行こうじゃないか」

何を、と聞いたら、「そうだな」と梵がサンダルのビーズを軽く指ではじいた。

「なんでもいいけど、まずはとびきりゴージャスなダイヤの指輪だ」


毎日続く、強い日差しのなか、バール追分のドアの前に白いパラソルが立てられた。それは玄関脇の樽《たる》の上を好む、猫のデビイの日よけのためだったが、小さなベンチを置いたら、そこで酒や軽食を楽しむ人も出てきた。

夏の昼下がり、アイスコーヒーを飲みながら、ピンチョスをつまむ梵の隣で、宇藤は借りたばかりのＣＤのライナーノートを見る。

ボンボンバエの唄のことを、綺里花は抑圧された人々についての唄だと言っていた。それはそのまま、タイトルの日本語訳だったようだ。

歌っている人々は、名前だけは知っていた。そしてそれだけで、すべてを知ったつもりでいた。

魚肉ソーセージのピンチョスを食べている梵が、ソーセージをつまんだ。

「魚肉ソーセージって言われるけど、ソーセージの代用品じゃなくて、この存在そのものが俺はこよなく好きなんだけど」

「おいしいですよね」

「そういうのって、どうやったら伝わるんだろう」

誰にですか、と聞きかけ、宇藤はやめる。

クラブが入っていたビルが火災にあったとき、綺里花は上の階の非常口を開け、多くの人を無事に逃がして感謝されたが、本人は予定されていた退院の日を早めに切り上げて、姿を消してしまった。

それから一週間たつが、綺里花の行方はわからない。

三時にエスプレッソを飲みにき続けている梵は、ここ数日ずっと、パラソルの下でアイスコーヒーを飲みながら、通りを眺めている。

バール追分の扉が開き、桃子が出てきた。銀色の盆の上に、小さなグラスが二つのっている。

「これ、来週から出そうと思っている試作品なんですけど、一杯どうぞ」

へえ、と梵がグラスを持ち上げた。

「これは何？　甘酒？」

　そうです、と桃子がうなずいた。

「冷たい甘酒は夏の栄養補給にすごくいいんです。疲れをとって、元気をつけてくれます。麴《こうじ》とお米で昨日、仕込んでみました」

　飲むと、生姜の香りとともに、まろやかな甘みが感じられた。米と麴のやわらかな粒がまじった飲み物を口にすると、たしかに元気がわいてくる気がする。

　おいしいと伝えたとき、桃子が横丁の先を見て、笑顔になった。つられてその視線の方向に宇藤も目をやる。

　ねこみち横丁のまんなかを白いワンピースを着た綺里花が歩いてきた。くるぶしのあたりまで大きく広がった裾が優雅に揺れ、手には真っ白なレースの手袋をはめている。髪は短くなっていて、足にはダイヤモンドのようにきらめく、華奢《きゃしゃ》なサンダルを履いていた。

　強い日差しが白い服と靴に反射して、まぶしいほどにきれいだ。

　ファッションショーのモデルのように歩いてきた綺里花が、バール追分の前で足を止めた。

『パリの恋人』だ、と梵がつぶやくと、綺里花が微笑んだ。

　なんて、ゴージャス、と梵が立ち上がった。

「俺のゴージャス……」

梵が綺里花を迎えに歩いていった。それを見届けた桃子がバール追分に戻っていく。邪魔をしては悪いと、宇藤も続く。

バールのドアを閉めようとしたら、永遠の愛を誓った花嫁、花婿が教会を出ていくかのように、梵にエスコートされた綺里花が夏の横丁を歩いていくのが見えた。

フランボワーズこと、木イチゴのボンボンショコラはいい匂いがしたと宇藤が話すと、バラの香りだと桃子が教えてくれた。

木イチゴはバラ科の植物のせいか、新鮮な実を食べるとかすかにその香りがするという。

その数日後、書店へ行った帰りに、宇藤は果物の専門店やデパートの食料品売り場をのぞいてみた。いろいろな店に行って気付いたが、この街には日本だけではなく、世界中のおいしいものが集まってきているようだ。

色合いも美しく陳列された果物売り場を眺めていたら、木イチゴが置いてある。さっそく買って帰り、桃子に差し入れをしたら、とても喜ばれた。

客足がとぎれた昼下がり、洗った木イチゴを二人で食べた。

月並みな言い方だけど、と桃子が手にした実を見た。

「木イチゴって赤い宝石みたいだね」

「色もきれいだけど、たしかにバラみたいな香りがふわっとする」

そうでしょう、と桃子がうなずいた。

「だけど、ジャムにすると香りが飛ぶから、ショコラを作るときはフィリングにバラのシロップを加えているの」

「バラのシロップなんてものがあるの？」

あるよ、と桃子が小瓶を出した。

「ローズシロップ。うちで出してるミントティーにも使ってる」

「この間、ご馳走になったけど、バラの香りはわからなかったな」

「隠し味だもの。味に奥行きが出ればいいの」

「味の奥行きは、表に出ない味が作るってこと？」

そう、と桃子がうなずいたあと、照れくさそうに笑った。

「宇藤さん、今、その言葉にグッと来てるんだね。ひょっとして映画の構想みたいなのが浮かんでる？」

「いや、まさか。隠し味……それ、どういう映画なんだろ？」

「わかんない、宇藤さんが書くんでしょ」

僕が？　と言ったら桃子が笑った。

バール追分のドアが開いて、作業服を着た青年が入ってきた。日替わりの定食のテイクアウトを頼んでいる。これから横丁の蕎麦店の前にある自動販売機の補充をするので、その作業が終わりしだい、テイクアウトの品を取りに来るそうだ。

目が合ったので、宇藤は軽く挨拶をする。この青年は最近、週末になるとバー追分に来て、一杯の酒をじっくりと味わって帰っていく。話をしたことはないが、酒についてこれからいろいろ知っていきたいのだとバーテンダーの田辺に伝えているのを聞いて、勝手に親近感を抱いている相手だ。

注文を終えた青年が店を出ていった。桃子がテイクアウトの準備を始めている。ローズシロップの小瓶を眺めながら、宇藤は思う。

いろいろな味や香りの積み重ねが美味を作るのなら、今、この場所で見聞きすることや時間も、いつか自分が作るもののなかに味わいを残すかもしれない。

万年筆を手にして、宇藤は原稿用紙に向かった。

シナリオコンクールの応募作品は、何を書くかをまだ決めていない。ただ、まずはこの場所で見聞きしたことを記録に残しておこうと思った。

夏の甘酒は栄養補給。ミントティーの隠し味にバラ。

少し考えてから、原稿用紙の一行目、タイトルを入れる箇所に宇藤は大きく書き入れた。

ＢＡＲ追分　昼間はバールで、夜はバー。

「プロローグ」「スープの時間」は、ランティエ（角川春樹事務所）二〇一五年一月号に掲載された作品を加筆・訂正したものです。「父の手土産」「幸せのカレーライス」「ボンボンショコラの唄」は書き下ろしです。

ハルキ文庫

い 20-1

BAR《バール》追分《おいわけ》

著者　伊吹有喜《いぶきゆき》

2015年7月18日第一刷発行
2023年3月8日第四刷発行

発行者　角川春樹

発行所　株式会社角川春樹事務所
〒102-0074 東京都千代田区九段南2-1-30 イタリア文化会館

電話　03(3263)5247(編集)
03(3263)5881(営業)

印刷・製本　中央精版印刷株式会社

フォーマット・デザイン　芦澤泰偉
表紙イラストレーション　門坂 流

ISBN978-4-7584-3917-6 C0193 ©2015 Yuki Ibuki Printed in Japan
http://www.kadokawaharuki.co.jp/ [営業]
fanmail@kadokawaharuki.co.jp [編集]　ご意見・ご感想をお寄せください。

ハルキ文庫

ヒーローインタビュー

坂井希久子

仁藤全。高校で四十二本塁打を放ち、阪神タイガースに八位指名で入団。強打者として期待されたものの伸び悩み、十年間で一七一試合に出場、通算打率二割六分七厘の八本塁打に終わる。もとより、ヒーローインタビューを受けたことはない。しかし、ある者たちにとって、彼はまぎれもなくヒーローだった——。「さわや書店年間おすすめ本ランキング二〇一三」文藝部門一位に選ばれるなど、書店員の絶大な支持を得た感動の人間ドラマが、待望の文庫化！

大好評既刊